THE TAILOR OF GLOSTER

MRS TITTLE-MOUSE

SQUIRREL NUTKIN

TOM KITTEN

PETER RABBIT

KB220916

베아트릭스 포터
오리지널 피터래빗 컴플리트 에디션 1

피터래빗 이야기

피터래빗과 친구들의 이야기 12편

CLASSICO

Part of Cow & Bridge Publishing Co.
Web site : www.cafe.naver.com/sowadari
3ga-302, 6-21, 40th St., Guwolro, Namgu, Incheon, #402-848 South Korea
Telephone 0505-719-7787 Facsimile 0505-719-7788 Email sowadari@naver.com

The Original Peter Rabbit Books
COMPLETE EDITION - 1
by Beatrix Potter

Published by Cow & Bridge Publishing Co.
First original edition published by Frederick Warne & Co. London
This recovering edition published by Cow & Bridge Publishing Co. Korea

ISBN 978-89-98046-55-2 04840

The Original Peter Rabbit Books
COMPLETE EDITION 1

Beatrix Potter

THIS BOOK BELONGS TO

_____

CONTENTS

CONTENTS

CONTENTS

CONTENTS

베아트릭스 포터 Beatrix Potter (1866~1943)
영국의 그림책 작가, 환경보호 운동가

베아트릭스 포터는 영국 런던의 부유한 법률가 집안에서 태어났습니다. 어렸을 때부터 동물 그리기를 좋아해서 밖에서 맘껏 뛰어놀 수 없는 허약한 아이들을 위해 개구쟁이 꼬마 토끼 피터래빗 이야기를 만들어 그림 편지를 보내 주기도 했답니다.

어른이 되어 시골 농장으로 이사를 간 베아트릭스 포터는 토끼며 닭이며 오리랑 다람쥐 등 많은 동물들과 친구가 되었어요. 그리고 동물 친구들의 이야기를 그림책으로 만들었지요. 한적한 시골 농장을 배경으로 펼쳐지는 아름다운 이야기에는 사랑스런 동물들의 생생한 모습은 물론, 자연을 사랑하는 숭고한 정신이 깃들어 있어요.

그리고 베아트릭스 포터는 그림책을 팔아서 번 돈으로 시골의 아름다운 산과 들판을 사들여서 자연보호 단체에 모두 기증했어요. 그래서 그녀가 살던 마을은 아직도 변함없이 옛 모습 그대로 남아 있어요.

일흔일곱 살의 나이로 세상을 떠난 그녀의 시신은 화장을 해서 말썽꾼 토끼 피터래빗과 버릇없는 다람쥐 넛킨이 살고 있는 숲 속에 뿌려졌답니다.

I

The Tale of
PETER RABBIT

피터래빗 이야기

깊은 숲 속. 아주아주 커다란 전나무 밑동. 모래 언덕 토
끼굴에 엄마 토끼랑 꼬마 토끼 네 마리가 살았어요. 꼬마
토끼들의 이름은

　　　플롭시,

　　　　　몹시,

　　　　　　　코튼테일,

　　그리고 피터였어요.

"애들아, 애들아." 엄마 토끼가 말했어요.

"들판엘랑 샛길엘랑 나가 놀아도 좋다마는, 맥그레거 아저씨네 텃밭에는 들어가지 말거라. 맥그레거 부인이 아빠를 잡아갔단다."

"자, 이제 뛰어놀거라.

말썽 피우지 말고. 엄마는 나갔다 올 테니."

엄마 토끼는 바구니랑 우산이랑 챙겨 들고 숲길을 지나
빵집으로 갔어요. 그리고 커다란 갈색 빵 한 덩어리하고
달콤한 건포도빵을 다섯 개 샀답니다.

엄마 말씀 잘 듣는 착한 꼬마 토끼들, 플롭시하고 몹시
하고 코튼테일은 산딸기를 따러 오솔길로 갔어요.

하지만 요 말썽쟁이 피터!

장난꾸러기 꼬마 토끼 녀석은 곧장 맥그레거 아저씨네
텃밭으로 달려가서

문틈을 비집고

쓰윽,

안으로

기어 들어갔어요.

피터는 제일 먼저 상추를 뜯
어 먹고 강낭콩을 까먹은 다음,
당근도 몇 개 뽑아 먹었어요.

그리고 속이 조금 더부룩했
는지 향긋한 미나리가 어디 있
나 찾으러 갔어요.

그런데 이를 어째, 오이밭 모퉁이를 막 돌자마자 맥그레거 아저씨랑 딱 마주친 게 아니겠어요!

맥그레거 아저씨는 쪼그리고 앉아서 양배추를 심고 있었는데, 피터를 보자마자 벌떡 일어나 갈퀴를 홰홰 저으며 쫓아왔어요.

"게 섰거라, 이 도둑 토끼 녀석!"

　피터는 너무나 너무나 무서웠어요. 나가는 문이 어디 있는지도 잊어버릴 만큼요.

　온 텃밭을 여기저기 헤집으며 뛰어다니다가 오른짝 신발은 양배추밭에서, 왼짝 신발은 감자밭에서 잃어버렸어요.

　신발을 잃어버린 피터는 네 발로 폴짝폴짝 뛰어다녔어
요. 토끼는 네 발로 뛰는 게 더 빠르거든요. 피터는 나무
딸기 덤불 속으로 후다닥, 뛰어들어갔어요.
　그런데 엄마가 새로 만들어 주신 파란 외투에 달린 커
다란 단추가 덤불 속 그물에 그만 엉키고 말았어요. 안 그
랬다면 무사히 도망쳤을 텐데 말이죠.

피터는 '이러다 잡히겠어' 생각하고 구슬 같은 눈물을 뚝 뚝 흘렸어요.

하지만 울음소리를 듣고 상냥한 참새들이 날아와 피터를 응원해 주었어요.

"피터, 힘을 내, 짹짹!"

　맥그레거 아저씨가 소쿠리를 들고 달려와 피터에게 뒤집
어씌우려는 순간, 피터는 외투를 벗어 버리고 그물에서 겨
우 빠져나왔어요.

　휴, 하마터면 잡힐 뻔했어요.

피터는 곧장 창고로 달려가서 물뿌리개 속으로 뛰어들
었어요.

첨벙!

그런데 그 안에는 물이 가득 들어 있었어요. 만약 물이
없었다면 숨기에 최고로 좋은 장소였을 거예요.

　맥그레거 아저씨는 피터가 화분 밑에 숨었을 거라고 생각했나 봐요. 아저씨는 화분을 하나씩 들춰 가면서 피터를 찾기 시작했어요.

　그때, 온몸이 물에 젖은 피터가 그만 재채기를,

　"으이치!"

　하고 말았어요.

　그 소리를 듣자마자 맥그레거 아저씨가 피터를 잡으러 뛰어 왔어요.

　맥그레거 아저씨는 피터를 발로 밟아 잡으려고 했지만
피터는 창문을 훌쩍, 뛰어넘어 밖으로 나갔어요.

　와장창!

　피터는 창가에 있던 화분을 세 개나 깨뜨려 버렸어요.
하지만 창문이 너무 작아서 아저씨는 피터를 따라갈 수가
없었어요.

　피터를 잡으러 다니느라 힘이 들었는지아저씨는 다시 양
배추를 심으러 갔답니다.

피터는 너무 숨이 차서 주저앉아 잠시 쉬고 있었어요.
온몸을 부들부들 떨면서요.

나가는 길을 찾을 수가 없어 무섭기도 했지만 물이 가
득한 물뿌리개 속에 숨어 있을 때온몸이 흠뻑 젖어 너무
추웠거든요.

그렇게 조금 쉬다가 피터는 폴짝폴짝 뛰어서여기저기 주
변을 둘러보고 다녔어요.

　　피터는 벽에 난 문을 찾아냈어요. 하지만 문은 잠겨 있
었죠. 게다가 통통한 꼬마 토끼가 기어 들어갈 틈도 없었
어요. 그저 생쥐 아주머니 혼자서 아기 쥐들에게 줄 콩이
며 팥을 물어 나르느라 돌계단을 부지런히 뛰어다니고 있
었어요. 피터는 아주머니에게 물었어요.
　　"아줌마, 텃밭 문은 어디에 있어요?"
　　하지만 생쥐 아주머니는 커다란 콩을 입에 물고 있었기
때문에 대답을 할 수가 없었어요. 그냥 고개를 절레절레
흔들기만 했어요. 피터는 훌쩍훌쩍 울기 시작했어요.

　나가는 문을 찾아 텃밭을 가로질러 가 봤지만 여기가 어
딘지 더 어리둥절해질 뿐이었어요. 피터는 맥그레거 아저
씨가 물을 뜨는 연못으로 갔어요. 연못가에는 하얀 고양
이 한 마리가 금붕어를 쳐다보며 꼼짝 않고 앉아 있었는데
신기하게도 꼬리만 살랑살랑 흔들었어요. 마치 꼬리가 살
아 있는 것 같았어요.

　하지만 피터는 고양이에게 말을 걸지 않기로 했어요. 언
젠가 사촌 벤자민 버니가 말했거든요.

　"맥그레거 아저씨네 고양이는 심술쟁이야."

피터는 다시 창고 쪽으로 되돌아갔어요.

그런데 갑자기 부스럭부스럭, 무슨 소리가 났어요. 깜짝 놀란 피터는 허둥지둥 수풀 속으로 뛰어들어 숨었어요.

휴우. 다행히 아무 일도 일어나지 않았네요.

피터는 살곰살곰 손수레 위로 기어 올라가 주위를 두리번두리번 살펴보았는데 저쪽 멀리서 맥그레거 아저씨가 양파밭을 일구고 있었고요. 그리고 그 너머로 텃밭 문이 보였어요!

　살그머니 수레에서 내려온 피터는 나무딸기 덤불 뒤로
난 길을 따라 있는 힘을 다해 뛰어갔어요.
　모퉁이에서 맥그레거 아저씨에게 들켰지만 피터는 신경
쓰지 않았어요. 그리고 텃밭 문 아래를 미끄러지듯 빠져나
와 숲 속으로 달려갔어요. 이제 안심이에요.

　맥그레거 아저씨는 피터가 벗어 놓고 간 외투와 신발을 허수아비에 매달았어요.

　그리고 피터는 커다란 전나무 아래 있는 집에 도착할 때까지 멈추지도, 뒤돌아보지도 않고 뛰고 또 뛰었답니다.

피터는 숨이 찼는지 집에 들어오자마자 거실에 깔려 있
는 부드러운 모래 위에 벌렁 드러누워 눈을 감았어요.

엄마 토끼는 저녁을 짓느라 정신이 없었어요. 하지만 피
터의 외투랑 신발이 어디에 있는지 너무너무 궁금했어요.

지난주에도 피터는 외투하고 신발을 잃어버렸거든요.

가엾게도 피터는 밤새 몸살이 났답니다.

엄마 토끼는 피터를 침대에 누이고 향긋한 국화꽃으로

차를 끓여 주면서 말했어요.

"자기 전에 한 숟가락 먹으렴."

　하지만 엄마 말씀 잘 듣는 착한 토끼 플롭시랑 몹시랑
코튼테일은 맛있는 건포도빵하고 따뜻한 우유하고 새콤한
산딸기를 저녁으로 먹었답니다.

2

The Tale of
BENJAMIN BUNNY

벤자민 버니 이야기

어느 화창한 아침.

꼬마 벤자민 버니가 산비탈에 앉아 있었는데, 또가닥또
가닥, 또가닥또가닥, 조랑말 발굽 소리가 들려왔어요.

귀를 쫑긋 세우고 들어 봤더니 맥그레거 아저씨가 마차
를 몰고 지나가는 소리였어요.

그 옆에는 맥그레거 아저씨 부인이 예쁜 헝겊 모자를 눌
러쓰고 앉아 계셨어요.

　마차가 지나가자마자 꼬마 벤자민은 비탈에서 미끄럼을
타고 내려왔어요.

　그리고 깡총깡총 뛰어서 맥그레거 아저씨네 텃밭 근처
숲 속에 사는 사촌 토끼 피터래빗을 부르러 갔어요.

숲에는 토끼굴이 아주 많았어요.

그중에서도 포근한 모래가 제일 수북한 토끼굴에는 꼬마 벤자민의 이모 토끼하고 사촌 토끼들, 그러니까 플롭시, 몹시, 코튼테일, 그리고 장난꾸러기 피터가 살았어요.

이모 토끼는 털장갑하고 목도리를 만들어 시장에 내다 팔았어요. 이모 토끼가 만든 장갑은 아주 따뜻하답니다.

그리고 냄새 좋은 풀꽃을 말려서 만든 향긋한 풀잎차도 팔았어요.

　말썽쟁이 꼬마 벤자민은 이모 토끼랑 마주치고 싶지 않
았어요.
　그래서 전나무 뒤로 살금살금 돌아가서 피터래빗의 귀
가 보이는 쪽으로 다가갔어요.

"야, 피터!"

벤자민은 피터 옆에 털썩 앉았어요.

그런데 가엾게도 피터는 외투도 입지 않고 신발도 신지
않은 채 커다랗고 빨간 목도리만 두르고 있었어요.

꼬마 벤자민이 말했어요.

"피터, 누가 옷을 가져간 거야?"

피터는 대답했어요.

"맥그레거 아저씨네 허수아비가 가져갔어."

그리고 맥그레거 아저씨네 텃밭에서 외투랑 신발을 놓고
온 이야기를 해 주었어요.

벤자민이 피터 옆에 바싹 다가와 말했어요.

"맥그레거 아저씨는 마차를 타고 외출하셨어. 부인이 예쁜 헝겊 모자를 쓴 걸 보면 금방 돌아오지는 않으실 거야."

꼬마 벤자민은 비라도 내리길 바랐던 걸까요?

그때, 엄마 토끼 목소리가 들려왔어요.

"피터, 미나리 좀 이리 가져오렴."

심부름을 싫어하는 피터가 말했어요.

"벤자민, 잠깐 산책이라도 가는 게 좋겠어."

　피터와 꼬마 벤자민은 손에 손을 잡고 길가 담벼락 위로
올라갔어요. 거기에서는 맥그레거 아저씨네 텃밭이 훤히
들여다보이거든요.

　텃밭 안 저어기 낡은 모자를 쓴 허수아비가 피터의 외투
를 걸치고 있는 게 보였어요.

꼬마 벤자민이 말했어요.

"문틈으로 기어서 들어가면 옷을 버리니까 배나무를 타고 올라가 뛰어내리자."

피터는 머리부터 거꾸로 떨어졌지만 아무 데도 다치지 않았어요.

왜냐하면 맥그레거 아저씨가 정성껏 흙을 갈아 놓았기 때문에 땅이 아주 푹신푹신했거든요. 피터는 상추밭 위로 떨어진 거예요.

피터와 꼬마 벤자민은 텃밭 여기저기 발자국을 남겨 놓았어요.

특히 꼬마 벤자민은 나무로 만든 구두를 신어서 발자국도 아주 깊었어요.

꼬마 벤자민이 말했어요.

"제일 먼저 외투를 되찾아야 해. 커다란 목도리는 쓸 데가 있거든."

밤새 비가 주룩주룩 내려서 신발 안에는 물이 가득 고여 있었고 외투도 약간 줄어들어 있었어요.

꼬마 벤자민은 허수아비 모자를 써 봤지만 모자가 너무 컸어요.

그리고 꼬마 벤자민이 말했어요.

"목도리에 양파를 담아 가져가자. 이모가 좋아하실 거야."

하지만 피터는 불안해서 귀를 쫑긋 세우고 계속 주위를
두리번거렸어요.

　피터와는 달리 꼬마 벤자민은 조금도 불안한 기색이 없
었어요.

　왜냐하면 꼬마 벤자민은 아빠와 함께 일요일마다 맥그
레거 아저씨네 텃밭에 상추를 따러 오거든요.

　꼬마 벤자민의 아빠 이름도 벤자민이에요. 그래서 벤자
민 삼촌이라고 부른답니다.

　꼬마 벤자민은 상추를 뜯어 먹으며 말했어요.

　"역시 맥그레거 아저씨네 상추는 맛있어."

하지만 피터는 아무것도 먹지 않았어요. 그리고 이렇게 말했어요.

"벤자민, 이제 집에 가자."

그때 목도리 안에 있던 양파를 절반쯤 흘린 것 같아요.

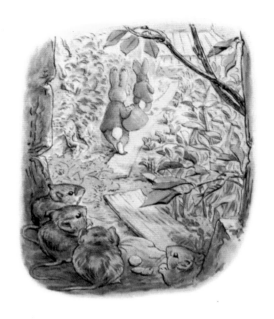

꼬마 벤자민이 말했어요.

"양파 보따리가 무거워서 배나무를 타고 올라갈 수 없으니까 이쪽 길로 나가자."

양지바른 붉은 벽돌담 밑, 널빤지가 깔린 좁은 길을 따라 꼬마 벤자민은 씩씩하게 걸어갔어요.

생쥐들이 문 앞 돌계단에 앉아 앵두씨를 까먹으면서 피터래빗과 꼬마 벤자민버니에게 눈을 찡끗, 윙크를 했어요.

계단에서 피터는 또 양파를 흘렸어요.

　화분 사이를 빠져나와 강낭콩 덩쿨 밑을 돌아서 물통 옆을 지나갈 즈음, 어디선가 귀에 익은 소리가 들려왔어요.

　피터와 꼬마 벤자민이 멈춰 선 그 자리에서 두세 걸음 앞에 맥그레거 아저씨네 왕눈이 고양이가 꾸벅꾸벅 졸면서 앉아 있지 뭐예요!

　꼬마 벤자민은 고양이 집 뒤에 숨어서 고양이를 한 번
빼꼼 쳐다보고는 피터와 함께 후다다닥 커다란 소쿠리 밑
에 숨었어요.

　고양이는 쭈우욱 기지개를 켜더니 어슬렁어슬렁 소쿠리 가까이로 다가와서 킁킁 냄새를 맡았어요. 양파 냄새가 많이 났나 봐요.

　그러고는 소쿠리 위로 올라가 앉아 버렸어요.

고양이는 다섯 시간이나 소쿠리 위에 앉아 있었어요.

자그마치 다섯 시간이나요!

피터와 꼬마 벤자민이 소쿠리 안에서 무얼 하고 있는지 보여 주고 싶지만 소쿠리 안이 너무 캄캄해서 아무것도 보이지가 않네요.

피터와 꼬마 벤자민은 양파 냄새가 너무 매워서 훌쩍훌쩍 울고 있었답니다.

 오후가 한참 지나고 해는 숲 저편으로 넘어가는데 고양이는 계속 소쿠리 위에 앉아 있었어요.

 그때, 후두둑후두둑 하고 담벼락 위에서 흙 떨어지는 소리가 들렸어요. 벤자민 삼촌이 온 거예요.

 고양이는 담벼락 위를 뒷짐 지고 걸어가는 벤자민 삼촌을 쳐다봤어요.

 입에 멋진 파이프를 물고 한 손에는 회초리를 들고 꼬마 벤자민을 찾고 있었어요.

　용감한 벤자민 삼촌은 고양이를 조금도 무서워하지 않
아요. 삼촌은 담벼락 위에서 풀쩍 뛰어내려 회초리로 고양
이 엉덩이를 찰싹 때려 주었답니다.
　깜짝 놀란 고양이는 쏜살같이 온실 안으로 달아났어요.

　고양이가 온실 안으로 들어가자 벤자민 삼촌은 온실 문을 잠가 버렸어요.

　그리고 나서 소쿠리 안에 숨어 있던 꼬마 벤자민의 귀를 잡고 끄집어내 회초리로 볼기짝을 찰싹 때려 주었지요.

　"욘석들, 위험한 곳에 가면 안 된다고 했지!"

　피터도 삼촌에게 회초리를 맞았답니다.

　벤자민 삼촌은 양파 보따리를 들고 회초리와 상추 한 포기를 옆구리에 끼고 텃밭 문으로 씩씩하게 걸어서 나갔답니다.

　그리고 조금 있다가 맥그레거 아저씨가 텃밭으로 돌아왔어요. 아저씨는 밭 위에 난 발자국을 보고 너무너무 놀랐어요. 발자국이 아주아주 작았기 때문이에요.

　그리고 고양이가 어떻게 혼자서 온실 문을 잠갔는지도 아주아주 궁금했답니다.

피터가 외투와 신발을 찾아 와서 엄마 토끼는 기뻤어요.

코튼테일과 피터는 목도리를 곱게 갰고요.

엄마 토끼는 양파랑 향기 나는 풀잎을 부엌 천장에 잘
매달아 놓았답니다.

3

The Tale of
THE FLOPSY BUNNIES

플롭시 버니 이야기

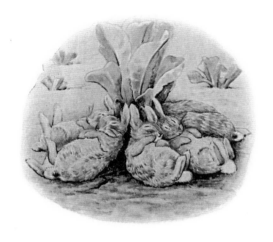

　오늘은 상추에 관한 이야기를 해 줄게요.

　상추를 많이 먹으면 잠이 솔솔 온대요. 그런데 아줌마는 상추를 먹어도 하나도 졸립지가 않아요. 아줌마는 토끼가 아니니까요.

　하지만 플롭시의 아기 토끼들은 상추를 먹고 정말로 쿨쿨 잠을 잤답니다.

　말썽꾼 꼬마 토끼 벤자민 버니는 어른이 되어 피터의 여동생 플롭시 버니와 결혼을 했어요. 아기 토끼도 많이 낳았고요.

　그런데 이를 어쩌죠? 아기 토끼들 이름이 생각나지 않네요. 그냥 '아기 토끼들'이라고 불러야겠어요.

　아기 토끼들은 엄청난 먹보라서 가끔은 먹을 것이 모자
란 날도 있어요. 그러면 벤자민은 피터가 돌보는 텃밭에
양배추를 얻으러 가기도 해요.

　"피터, 양배추 좀 나누어 줄래?"

하지만 양배추가 부족한 날도 있어요.

"벤자민, 오늘은 양배추가 없구나. 미안."

그런 날이면 벤자민과 아기 토끼들은 들판 너머 맥그레
거 아저씨네 텃밭 담장 밖에 쌓인 풀더미로 가요.

"얘들아, 넘어질라. 뛰지 말고 천천히 가렴."

풀더미 안에는 온갖 잡동사니가 섞여 있어요. 딸기잼 병, 종이봉투, 썩은 호박, 그리고 찢어진 장화도 있어요.

잔디 깎는 기계에서 나온 풀도 잔뜩 있는데, 기름 냄새가 고약해서 먹을 수는 없지요.

그런데 오늘은 웃자라서 꽃이 핀 상추가 잔뜩 있지 뭐예요. 만세!

사람들은 꽃이 핀 상추는 먹지 않고 버려요. 상추는 꽃이 피면 맛이 떨어지거든요.

아기 토끼들은 상추를 갉아 먹기 시작했어요. 그리고 졸음이 왔는지 하품을 하면서 하나 둘 풀더미 위에 누워 잠이 들었어요.

"이상하다. 왜 이렇게 졸립지?"

하지만 벤자민은 많이 졸립지는 않았어요. 왜냐하면 상추를 조금만 먹었거든요.

그래서 얼굴에 파리가 달라붙지 않게 널따란 종이봉투를 머리에 뒤집어 쓰고 쿨쿨 잠을 잤어요.

아기 토끼들은 따스한 햇살 아래 잠들었어요.

멀리 잔디 깎는 소리가 윙윙 났고요.

똥파리가 왱왱 날아다니다 담장에 앉았어요.

숲에 사는 생쥐 아줌마는 풀더미에 반쯤 파묻힌 딸기잼
병을 살펴보고 있었어요.

생쥐 아줌마 이름은 '토마시나 티틀마우스'.

이름이 참 길죠?

생쥐 아줌마가 벤자민이 뒤집어쓴 종이봉투 위를 밟고
지나가는 바람에 벤자민은 잠이 깼어요. 티틀마우스 아줌
마는 공손하게 사과했지요.

"토끼 아저씨, 잠을 깨워서 미안해요.
저는 피터래빗의 친구 티틀마우스랍니다."

    둘이서 이런저런 이야기를 나눌 때였어요. 담장 위에서
저벅저벅 발소리가 들렸어요.

    "앗! 맥그레거 아저씨다!"

    아저씨는 깎은 잔디를 한 자루 가득 들고 와 잠든 아기
토끼들 위에 와르르 쏟았어요.

    벤자민은 놀라서 종이 봉투 아래 숨었고요. 생쥐 아줌
마는 딸기잼 병 안으로 쏙 들어가 숨었어요.

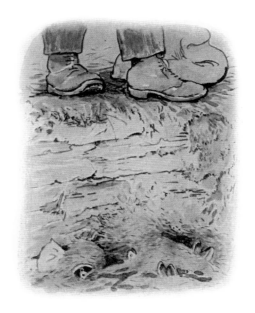

아기 토끼들은 아직도 달콤한 꿈을 꾸는지 자면서 음냐 음냐 웃고 있어요.

풀더미가 쏟아지는데도 깨어나질 않아요. 왜냐하면 아까 상추를 너무 많이 먹었거든요.

아기 토끼들은 엄마 토끼 플롭시가 볏짚 이불을 덮어 주는 꿈을 꾸나 봐요.

그런데 맥그레거 아저씨가 풀더미 사이로 삐죽 나온 토끼 귀를 보더니 말했어요.

"저건 또 뭐지?"

　그때, 파리가 아기 토끼 귀에 내려 앉았어요. 아기 토끼는 귀를 팔락거려 파리를 쫓았고요.

　이것을 본 맥그레거 아저씨가 담장을 내려와

　"헛헛, 한 놈, 두시기, 석 삼, 너구리, 오징어, 육개장! 작은 토끼가 여섯 마리나 있네!"

　하며 아기 토끼들을 살살 자루에 담았어요.

　아저씨의 손이 흔들흔들 흔들렸지만 아기 토끼들은 여전히 깨어날 기색이 없어요. 엄마가 토닥토닥 해 주는 꿈을 꾸나 봐요.

맥그레거 아저씨는 자루를 끈으로 단단히 묶어서 담장
위에 올려 두고 잔디 깎는 기계를 치우러 갔어요.

아저씨가 자리를 떠나고 나서 집에 남아 있던 엄마 토끼
플롭시가 들판을 가로질러 아기 토끼들을 찾으러 왔어요.
"아가들은 대체 어디에 있는 거지?"
엄마 토끼 플롭시는 너무나 궁금했어요.

　잠시 후 딸기잼 병에 숨은 생쥐 아줌마하고 종이봉투
아래 숨은 벤자민이 나와서 슬픈 이야기를 해 주었어요.

　"맥그레거 아저씨가 아기 토끼들을 자루 안에 넣어 버렸
어. 어쩌지?"

　벤자민과 플롭시는 자루를 묶은 끈을 도저히 풀 수가
없었어요.

　하지만 티틀마우스 아줌마는 재주가 많아요. 아줌마가
자루 한구석을 이로 쏠아 커다란 구멍을 내 주었답니다.

벤자민은 아기 토끼들을 끄집어내어 볼을 꽉 꼬집어 잠
을 깨웠어요.

엄마 토끼 플롭시는 자루 안에 썩은 오이를 하나, 둘,
세 개 집어넣고 빨간무를 하나, 두 개 넣었어요. 시커먼 구
둣솔도 하나 넣었고요.

그러고는 덤불 속에 꼭꼭 숨어 맥그레거 아저씨를 몰래
지켜봤어요.

맥그레거 아저씨는 자루를 집어들고 집으로 향했어요.

그러다 잠시 자루를 내려놓고는 말했어요.

"어라? 아까보다 조금 무거워진 것 같은데?"

토끼 가족은 맥그레거 아저씨한테 들키지 않도록 멀찌 감치 뒤에서 따라갔어요.

이윽고 맥그레거 아저씨는 자루를 들고 집으로 들어갔
어요.

 토끼들은 살금살금 창문 쪽으로 다가가서 안에서 나는
소리를 엿들었어요.

 "쉿, 조용히 좀 하렴."

쿵!

자루를 바닥에 던지는 소리가 났어요. 아기 토끼들이
그 안에 있었다면 아팠겠죠?

그리고 드르륵 의자 끄는 소리가 나더니 맥그레거 아저
씨의 목소리가 들렸어요.

"한 놈, 두시기, 석 삼, 너구리, 오징어, 육개장!"

그러자 옆에 있던 맥그레거 부인이 물었어요.

"영감, 그게 대체 무슨 말이유?"

아저씨는 손가락을 꼽으며 말했어요.

"한 놈, 두시기, 석 삼, 너구리, 오징어, 육개장이라니까!"

"아유, 참. 그 자루에 대체 뭐가 있는 거유?"

"한 놈, 두시기, 석 삼, 너구리, 오징어, 육개장! 아기 토끼가 여섯 마리라고!"

(막내 토끼가 창가에 올라가 있네요.)

맥그레거 부인은 자루를 더듬었어요.

여섯은 여섯인데 아기 토끼가 아니라 늙은 토끼 같았어요. 크고 딱딱하고 모양도 제각각이었거든요.

"딱딱한 걸 보니 맛은 없겠수. 토끼 가죽은 내 외투 안감으로 쓰면 되겠구먼."

"그 낡아빠진 외투 안감으로 쓴다고? 팔아서 곰방대를 사야지."

"어림없는 소리 마시구려. 가죽을 벗긴 다음 잡아먹을 거니까."

맥그레거 부인이 자루 속에 손을 넣자, 웩! 고약한 냄새
가 나는 썩은 오이가 잡혔어요. 부인은 화가 머리 끝까지
나서 소리를 쳤어요.

"이 영감탱이, 일부러 장난을 치고 그래!"

"이상하다. 분명 한 놈, 두시기, 석 삼, 너구리, 오징어,
육개장이었는데……."

아저씨도 화가 났는지 썩은 오이를 창밖으로 힘껏 집어
던졌는데 막내 토끼가 오이에 맞았지 뭐예요.

"아이쿠, 아야!"

정말 아프겠지요?

엄마 토끼 플롭시가 말했어요.

"자, 아가들아. 이제 집에 갈 시간이다."

아기 토끼들은 엄마 아빠를 따라 들판을 지나 집으로
돌아갔답니다.

　결국 맥그레거 아저씨는 곰방대를 못 샀고요. 맥그레거 부인도 토끼 가죽을 얻지 못했어요.

　겨울이 오고 크리스마스가 되었어요.

　벤자민은 아기들을 구해준 생쥐 아줌마에게 토끼털을 잔뜩 선물했어요.

　생쥐 아줌마는 모자 달린 따뜻한 외투하고 포근한 벙어리장갑을 만들었답니다.

4

The Tale of
SQUIRREL NUTKIN

다람쥐 넛킨 이야기

이번 이야기는 꼬리에 얽힌 이야기에요. 빨간 꼬마 다람쥐 넛킨의 꼬리 이야기요.

다람쥐 넛킨은 사촌들이 아주 많은데요. 그중엔 트윙클베리라는 사촌 다람쥐도 있답니다. 다람쥐들은 호숫가 숲 속에 살았어요.

    호수 한가운데 있는 섬에는 밤나무며, 잣나무, 도토리
나무 등 온갖 나무들이 울창했는데, 그중에 속이 텅텅 빈
떡갈나무에는 올빼미 할아버지 브라운이 살았어요.

어느 화창한 가을날.

밤이랑 잣이랑 익어 갈 무렵에, 도토리나무 잎이랑 개암
나무 잎이랑 알록달록 단풍이 물드는 계절에, 넛킨하고 트윙
클베리하고 다람쥐 친구들은 호숫가 근처로 모여들었어요.

다람쥐들은 나뭇가지를 엮어 만든 작은 뗏목을 물 위에 띄우고, 기다란 나뭇가지로 노를 저어 밤이랑 잣이랑 토토리를 주우러 브라운 할아버지가 사는 섬으로 건너갔어요.

다람쥐들은 작은 자루를 들고 꼬리를 돛처럼 활짝 펼쳐 바람을 타고 호수를 건너갔어요.

 다람쥐들은 브라운 할아버지에게 드릴 통통한 생쥐 세
마리도 가지고 갔어요.

 트윙클베리하고 친구들은 할아버지에게 공손하게 인사
를 하면서 말했어요.

 "할아버지, 할아버지, 올빼미 할아버지. 밤이랑 잣이랑
도토리를 주워 가도 될까요?"

하지만 넛킨은 나뭇가지에 매달린 **앵두**처럼 왔다, 갔다,
오르락, 내리락 너무나 정신없고 무례하게 굴었어요.

그리고 시끄럽게 노래를 불렀어요.

"내가 누군지 맞춰 봐요, 맞춰 봐요. 새빨간 외투를 입
은 동그란 아이. 손에는 지팡이, 뱃속에는 씨가 들었어요.
내가 누군지 맞추면 선물을 드릴게요."

이건 아주아주 오래된 수수께끼인데, 올빼미 할아버지
는 신경도 쓰지 않고 가만히 눈을 감고 잠을 청했어요.

　해가 저물기 시작하자 다람쥐들은 자루 속에 밤이랑 잣
이랑 도토리랑을 가득 채워 가지고, 뗏목을 타고 집으로
돌아갔어요.

그리고 다음 날 아침.

다람쥐들이 다시 올빼미 섬으로 왔어요. 트윙클베리하고 다른 다람쥐들은 토실토실한 두더지 한 마리를 할아버지에게 선물로 드리면서 말했어요.

"할아버지, 할아버지, 올빼미 할아버지. 밤이랑 잣이랑 도토리를 주워 가도 될까요?"

　하지만 버릇없는 넛킨은 촐싹촐싹 춤을 추면서 올빼미 할아버지의 코를 **쐐기풀**로 간질간질 간질이면서 흥얼흥얼 노래를 불렀어요.

　"브라운 할아범, 수수께끼를 맞춰 봐요. 나는 담장 안에도 있고요. 나는 담장 밖에도 있어요. 만지면 손을 콱, 물어 버릴 거예요."

　그러자 브라운 할아버지가 눈을 뜨더니 두더지를 가지고 집 안으로 들어갔어요.

올빼미 할아버지는 문을 쾅! 닫았어요.

잠시 후 떡갈나무 꼭대기에서 푸르스름한 **연기**가 피어
오르자 넛킨이 열쇠 구멍으로 방 안을 들여다보면서 노래
했어요.

"집 안에도 가득하고 굴 안에도 가득한데 그릇에는 가
득 담을 수 없는 건 뭐게요?"

　다른 다람쥐들은 섬을 샅샅이 뒤지며 밤이랑 잣이랑 도토리를 주워 자루에 하나 가득 담았어요.
　하지만 넛킨은 노랑 도토리, 빨강 도토리로 밤나무 밑동에 앉아 구슬치기를 하면서 브라운 할아버지네 문 앞을 지키고 있었어요.

　셋째 날, 다람쥐들은 아침 일찍 일어나 브라운 할아버지
에게 드릴 송사리 일곱 마리를 잡았어요.
　그리고 호수를 건너 구부러진 밤나무 가지 아래 뗏목을
대고 올빼미 섬으로 올라갔어요.

트윙클베리와 동생 다람쥐 여섯 마리는 통통한 송사리를 한 마리씩 들고 갔지만 예의 없는 넛킨은 앞장서서 노래만 부를 뿐 아무런 선물도 들고 가지 않았어요.

그리고 넛킨은 또 수수께끼를 냈어요.

"어떤 바보가 물었지. 호수에는 **딸기**가 얼마나 많을까? 똑똑한 나는 대답했지. 숲에 사는 **송사리**만큼 많을걸?"

하지만 브라운 할아버지는 수수께끼에는 관심도 없었어요. **송사리**라고 답을 알려 주었는데도 말이에요.

넷째 날, 다람쥐들은 **딱정벌레** 여섯 마리를 잡았어요. 하얀 콩떡 안에 든 까만 콩처럼 까맣고 맛 좋은 딱정벌레요.

다람쥐들은 **딱정벌레**를 약초로 싸서 솔잎으로 잘 묶어 두었어요. 하지만 넛킨은 또 버릇없는 노래만 불렀어요.

"브라운 영감, 수수께끼를 맞춰 봐. 밀가루를 반죽해서 검은 자루에 넣고 가운데를 실로 꽁꽁 묶으면 무엇이 될까? 맞추면 반지를 주지."

하지만 그건 터무니없는 말이었어요. 넛킨한테는 반지가 없으니까요.

다른 다람쥐들은 도토리를 줍느라 덤불 속을 왔다가 갔다가 너무너무 바쁜데, 넛킨은 덤불 속에 떨어진 엉겅퀴꽃을 주워다가 솔잎을 잔뜩 꽂아 바늘겨레를 만들었어요.

　다섯째 날, 다람쥐들은 **벌**집에서 꿀을 따서 브라운 할아
버지네 문 앞에 놓았어요.

　꿀은 아주 달콤하고 끈끈해요. 그래서 다람쥐들은 손가
락에 묻은 꿀을 할짝할짝 핥아서 먹었답니다.

　하지만 넛킨은 깡충깡충 뛰며 노래만 했어요.

　"붕붕붕, 윙윙윙, 붕붕붕, 윙윙윙. 휘어진 나뭇가지 아래
를 지나가면 통통한 녀석들이 날아 다녀요. 통통한 배에
는 노랑 줄무늬, 어떤 녀석들은 등도 온통 노랗대요."

브라운 할아버지는 버릇없는 넛킨을 못마땅한 눈으로
힐끔 쳐다보고는 달콤한 꿀을 냠냠, 먹기 시작했어요.

다람쥐들은 자루에 도토리를 가득 채웠지만, 넛킨은 널따란 바위 위에서 도토리와 솔방울로 볼링을 쳤어요.

여섯째 날, 그러니까 토요일.

다람쥐들이 마지막으로 섬에 왔어요. 방금 낳은 **달걀**을 갈대 바구니에 담아 브라운 할아버지에게 선물했어요.

하지만 넛킨은 맨 앞에 서서 웃으면서 노래했어요.

"흰 옷을 입은 동그란 아저씨가 냇가에 누워 있었는데 의사들도 장정들도 아저씨를 일으켜 세울 수가 없었대요."

　브라운 할아버지는 달걀에 관심이 있었는지 한쪽 눈을
슬며시 떴다가 다시 감았어요.

　하지만 여전히 한 마디도 하지 않았어요.

넛킨은 더, 더, 더 무례하게 굴었어요.

"올빼미 영감, 올빼미 영감. 왕의 신하들과 왕의 기사들도 당길 수 없는 고삐는 무엇일까요? 그건 궁전 부엌문에 달린 고삐래요."

넛킨은 나뭇잎 사이로 아른거리는 햇살처럼 촐랑촐랑 춤을 췄어요. 하지만 올빼미 브라운 할아버지는 아무 말도 하지 않았어요.

넛킨은 다시 노래를 부르기 시작했어요.

"하늘에서 떨어져 나와 땅을 향해 으르렁거리고 아무리 힘이 센 곰이라 해도 막지 못하는 것은 무엇일까요?"

넛킨은 횡횡, 코로 **바람** 소리를 내면서 브라운 할아버지 머리 위로 올라갔어요!

그러자, 눈 깜짝할 사이에 푸드덕푸드덕, 하는 소리와 함께 켁! 하고 큰 소리가 났어요.

깜짝 놀란 다람쥐들은 허둥지둥 수풀 속으로 흩어졌어요.

다람쥐들이 조심스레 다시 기어 나와 주위를 살펴보니,
올빼미 할아버지는 아무 일도 없었다는 듯 문 앞에서 눈
을 감고 있었어요.

그러나 넛킨은 올빼미 할아버지의 커다랗고 날카로운
발톱에 그만 붙잡혀 버렸어요!

이야기가 이렇게 끝날 것 같지만 아직은 끝이 아니에요.

브라운 할아버지는 넛킨을 잡아먹으려고 꼬리를 잡고 거꾸로 들어 올렸어요.

그러자 넛킨은 꼬리를 떼어 낸 다음 계단을 타고 다락으로 올라가 창문으로 빠져나갔어요.

여러분이 숲 속 오솔길을 걷다가 나무 위에서 꼬리가 떨어진 넛킨을 만나거든 수수께끼를 내 보세요.

그럼 넛킨은 나뭇가지를 집어 던지고 발을 동동 구르면서 이렇게 소리칠 거에요.

"찍찍찍, 찍찍찍."

과연 무슨 소리일까요?

5

The Tale of
JEMIMA PUDDLE-DUCK

제미마 퍼들덕 이야기

아기 오리들이 암탉을 엄마인 줄 알고 따라다니는 모습을 상상해 보세요. 너무 우스울 거 같지 않나요?

오늘은 주인 아주머니가 알을 못 품게 해서 화가 난 오리 아줌마 제미마 퍼들덕 이야기를 해 줄 게요.

제미마의 사촌 레베카 퍼들덕이 말했어요.

"암탉이 내 알을 품어 주니 너무 편하구나. 스물 하고도 여덟 날 동안이나 둥지에 틀어박혀 알을 품어야 한다니 얼마나 지겹겠어. 제미마 너도 그렇지? 알을 낳거든 그냥 차가운 바닥에 내버려 둬."

하지만 제미마 퍼들덕은 말했어요.

"꽥꽥, 나는 알을 품을 거야. 내 힘으로 아기 오리를 부화시킬 거야, 꽥꽥."

　그래서 제미마는 아무도 모르게 농장 구석에다 알을 낳
았어요. 하지만 그럴 때마다 농장 도련님이 용케도 알을
찾아서 가져가 버렸죠.

　제미마는 너무너무 마음이 아팠어요. 그래서 농장 저
멀리에다 알을 낳기로 했답니다.

어느 화창한 봄날 오후.

제미마는 오솔길을 따라 언덕을 올라갔어요.

빨간 숄을 어깨에 두르고 파란 헝겊 모자를 쓰고 뒤뚱 뒤뚱 걸어갔어요.

언덕 꼭대기에 오르자 저 멀리 숲이 보였어요. 숲은 조
용하고 안전해서 알을 낳기에 딱 좋아요.

제미마는 하늘을 날아 본 적이 없었지만 용기를 내어 비탈길을 달려 내려가 푸드덕푸드덕 날갯짓을 했어요. 그리고 펄럭펄럭 숄을 휘날리면서 공중으로 힘껏 날아올랐어요.

제미마는 멋지게 하늘을 날았어요. 훨훨 날았어요.

나무 꼭대기를 스칠 듯 말 듯 날아다니다가 숲 한가운데, 높은 나무도 없고 덤불도 우거지지 않은 널찍한 곳을 발견하고는,

 우당탕쿵탕 내려 앉아 둥지를 틀기에 적당한 양지바른
터를 찾아서 뒤뚱뒤뚱 돌아다녔답니다.

 그러다가 나무 그루터기 사이 수풀이 무성한 곳을 발견
했어요. 하지만 양복을 점잖게 차려입은 신사가 그루터기
에 걸터앉아 신문을 읽고 있었어요. 검고 뾰족한 귀에 옅
은 갈색 수염을 기른 멋쟁이 신사였지요.

 "꽥꽥."

 제미마 퍼들덕은 신사에게 인사를 했어요.

　신사는 신문 너머로 눈을 들어 제미마를 신기한 듯 쳐
다봤어요. 그리고 이렇게 말했지요.

　"길을 잃으셨나요, 부인?"

　신사는 털이 북실북실한 꼬리를 살포시 깔고 앉아 있었
어요. 나무 그루터기가 조금 축축했거든요.

　예의 바르고 잘생긴 신사였어요. 그래서 제미마는 대답
해 주었지요.

　"길을 잃은 게 아니라 알을 낳을 곳을 찾고 있답니다."

수염 난 신사는 신문을 접어 외투 주머니에 넣고는 제미마를 위아래로 훑어보면서 말했어요.

"아, 그러시군요."

제미마는 암탉에 대한 불만을 털어놓았어요.

"우리 집 암탉이 제 알을 모두 품는 바람에 아기 오리들이 암탉을 엄마로 안다니까요."

신사는 이렇게 말했답니다.

"그 암탉 참 별꼴이군요. 자기 알이나 잘 품을 것이지."

북실북실 꼬리가 달린 신사가 계속 말했어요.

"알을 낳을 둥지라면 좋은 곳이 있습니다. 저희 집에 푹
신한 깃털이 아주 많거든요. 아무도 방해하지 않을 테니
원하는 만큼 알을 낳으세요."

신사는 제미마를 우거진 수풀 사이에 있는 낡고 음산한
오두막으로 안내했어요.

"여기는 여름 별장입니다. 겨울에는 땅 속 굴에서 살지요."

신사가 친절하게 말했어요.

오두막 한켠에는 다 쓰러져 가는 헛간이 있었어요. 신사
는 헛간 문을 열고 제미마에게 안을 보여 주었어요.

　헛간에는 닭이며 꿩, 오리 깃털이 가득해서 숨이 막힐
지경이었답니다.

　깃털은 푹신푹신하고 보들보들했어요. 제미마는 깃털이
너무 많아 놀랐지만 너무나 포근해서 그것이 누구의 깃털
인지 의심도 하지 않고 예쁜 둥지를 만들었어요.

　제미마가 밖으로 나왔을 때 수염 난 신사는 통나무 위에 앉아 신문을 읽고 있었어요. 하지만 사실은 신문 너머로 제미마를 몰래 엿보고 있었던 거예요.

　제미마가 농장으로 돌아간다고 하자 신사는 서운한 표정을 지으며 말했어요.

　"부인, 내일 다시 오실 때까지 제가 둥지를 지키고 있겠습니다. 저는 오리알과 아기 오리들을 좋아하거든요. 헤헤헤."

　신사는 둥지를 쳐다보면서 미소를 지었어요.

　제미마는 매일매일 오후가 되면 오두막으로 날아와 옅은 풀색이 도는 하얗고 커다란 알을 아홉 개나 낳았어요.
　교활한 신사는 그 알들을 보면서 너무나 흐뭇해했어요.
　신사는 제미마 퍼들덕이 농장으로 돌아가면 알을 살그머니 뒤집어 보기도 하고 몇 개인지 세어 보기도 했어요.

부지런한 제미마는 말했어요.

"알들이 감기에 걸리지 않게 꼼짝 않고 알을 품어야 해
요. 저는 그동안 먹을 옥수수를 가져 올게요."

신사는 수염을 실룩거리면서 말했어요.

"부인, 그럴 필요 없답니다. 제가 보리쌀을 준비해 놓았
어요. 알을 품기 전에 근사한 저녁을 대접하지요."

신사는 입맛을 다시더니 계속 말했어요.

"요리를 해야 하니까 농장에서 고추랑 양파랑 미나리랑
박하를 좀 따다 주세요. 저는 고기를 준비할테니까요."

　제미마 퍼들덕은 참 바보 같아요. 고추하고 양파하고 미
나리하고 박하가 어디에 들어가는 양념인지도 모르나 봐요.
　제미마는 농장 텃밭을 여기저기 돌아다니며 고추랑 미
나리랑 박하를 따기 시작했어요. 오리 구이에 들어가는
양념을 말이에요!

　제미마가 부엌에서 양파를 가지고 나오는데 양치기 개 켑이 말했어요.

　"양파를 어디에 쓰려고 그러니? 그리고 매일 같이 어딜 가는 거야, 제미마?"

　제미마는 알을 품으러 간다고 말해 주었어요. 그리고 뾰족한 귀에 옅은 갈색 수염을 기르고 북실북실한 꼬리가 달린 친절한 신사 이야기도 해 주었지요. 그러자 영리한 켑은 고개를 끄덕였어요.

켑은 신사가 사는 오두막이 어디에 있는지 자세히 물어 본 다음 마을로 뛰어갔어요. 그리고 정육점집 사냥개 형제를 찾아갔어요.

"멍멍, 나를 좀 도와줄래? 멍멍."

사냥개 형제는 여우 사냥을 잘 했답니다.

어느 화창한 오후.

제미마 퍼들덕은 오솔길을 따라 언덕을 올라갔어요.

자루에 양파랑 고추랑 미나리랑 박하가 가득 들어 있어
서 조금 무거웠지만, 숲 위를 훨훨 날아 북실북실 꼬리가
달린 신사가 사는 오두막 반대편에 내려앉았어요.

　신사는 통나무 위에 앉아 킁킁 냄새를 맡으면서 주변을
두리번두리번 살펴보고 있었어요.

　제미마가 도착하자 신사는 벌떡 일어나서 말했어요.

　"알을 보고 빨리 집 안으로 들어와요. 요리 만들 재료
어서 이리 줘요, 빨리!"

　신사는 왠지 조바심을 냈어요. 이제껏 한 번도 그런 적
이 없었는데 말예요. 제미마는 조금 기분이 나빴어요.

　제미마가 헛간으로 들어가자 누군가 후다닥 달려오더니 새카만 코를 문틈으로 들이밀고 킁킁, 킁킁, 냄새를 맡고는 밖에서 문을 잠가 버렸어요.

　제미마는 너무나 불안했어요.

　잠시 후.

　"으르렁으르렁, 컹컹, 멍멍, 깽깽."

　밖에서 사냥개들과 콧수염 신사가 싸우는 소리가 요란
하게 들려왔어요. 그리고 교활한 콧수염 신사는 멀리 숲
속으로 도망가 버렸어요.

  잠시 후 양치기 개 켑이 헛간 문을 열고 제미마 퍼들덕
을 꺼내 주었답니다.

  하지만 가엾게도 사냥개 형제가 깃털 둥지로 달려들어
제미마가 낳은 알을 전부 먹어 버리고 말았어요. 켑이 말
릴 틈도 없이요.

  양치기 개 켑은 귀를 다쳤고 사냥개들은 다리를 다쳐
절룩거렸어요.

사냥개들은 제미마를 집까지 데려다 주었어요.

오리알이 전부 없어져서 제미마는 너무나 슬펐어요. 그래서 눈물을 뚝뚝 흘리며, 훌쩍훌쩍 울며, 뒤뚱뒤뚱 집까지 걸어갔답니다.

훌쩍훌쩍, 뒤뚱뒤뚱, 훌쩍훌쩍, 뒤뚱뒤뚱.

얼마 후. 제미마는 또 알을 낳았어요. 자그마치 열 개나 낳았답니다. 이번에는 농장 아주머니도 알을 품도록 허락해 주었죠. 그런데 무사히 태어난 아기 오리는 네 마리뿐이었어요.

제미마는 말했어요.

"아주머니가 자꾸 귀찮게 해서 그래요."

하지만 사실은 여기저기 기웃거리느라 열심히 알을 품지 않아서랍니다.

6

The Tale of
TOM KITTEN

톰 키튼 이야기

넓은 정원이 있는 하얀 집에 작은 꼬마 고양이 세 마리가 살았어요.

꼬마 고양이들의 이름은 미튼, 톰 키튼, 그리고 모펫이었어요. 엄마 고양이의 이름은 트위칫이었고요.

아기 고양이들은 털 코트를 입고 태어났어요. 그리고 하루 종일 문 앞 흙구덩이에서 뒹굴고 놀았어요.

　어느 날, 엄마 고양이 트위칫은 티타임 파티에 친구들을
초대했어요. 그리고 친구들이 도착하기 전에 꼬마 고양이
들을 집 안으로 불러들여 깨끗이 씻기고, 옷을 입혀 주었
답니다.

제일 먼저 꼬마들의 얼굴을 닦아 주었어요.

"흥, 하세요."

(이 꼬마 고양이가 모펫이고요.)

그러고 나서 예쁘게 털을 빗겨 주었어요.

"가만 좀 있으렴."

(이 꼬마는 미튼이에요.)

그리고 마지막으로 꼬리하고 수염을 정리해 주었답니다.

"우리 아가, 예쁘기도 하지."

(이 꼬마가 바로 톰 키튼이에요.)

톰 키튼은 말썽쟁이에다 성질도 급해요.

엄마 고양이 트위칫은 꼬마 모펫과 미튼에게 새하얀 앞
치마를 입혀 주었어요. 모펫과 미튼은 암고양이거든요.

그리고 옷장 서랍에서 아주아주 우아하지만 너무너무
불편한 바지를 꺼내 꼬마 톰 키튼에게 입혀 주었어요. 톰
키튼은 수고양이였거든요.

하지만 톰 키튼은 아주 통통해서 단추가 몇 개 떨어지
고 말았어요. 그래서 엄마 고양이 트위칫은 바늘하고 실로
단추를 꿰매 다시 달아 주었어요.

그리고 엄마 고양이는 꼬마들을 다시 정원으로 내보냈어요.맛있는 버터 빵을 구워야 했거든요.

엄마 고양이가 꼬마들에게 말했어요.

"옷 더럽히지 말고 얌전하게 놀거라. 꼭 두 발로 서서 걷고, 흙구덩이엘랑은 들어가지 말고, 돼지우리 가까이도 가지 말고, 샐리 헤니페니하고는 놀지 말고. 오리 아저씨 가족을 귀찮게 하면 혼 날 줄 알아요!"

하지만 꼬마들을 내보낸 건 큰 실수였어요.

모펫하고 미튼은 정원 오솔길을 비틀비틀 걸어갔어요.
두 발로 걷는 게 아직 서툴렀거든요.

그러다가 앞치마를 밟고 털썩 넘어졌어요. 일어나 보니
하얀 앞치마에는 풀색 얼룩이 묻어 있었어요. 저런!

모펫이 말했어요.

"우리 정원 담장 위에 올라가서 놀자."

그러고는 앞치마를 등 뒤로 돌려 입고 폴짝 뛰어 담장
위로 올라갔어요. 그때 모펫의 침받이가 벗겨져 담장 밖으
로 떨어져 버렸어요.

"나도 올라갈 테야."

하지만 톰 키튼은 너무 통통하고 또 바지가 너무 불편해서 담장 위로 뛰어 올라갈 수가 없었어요.

그래서 엉금엉금 기어서 돌담 위로 올라갔답니다.

　착한 모펫하고 미튼이 톰 키튼을 끌어올려 주었어요.

　그러는 와중에 쓰고 있던 모자가 바닥에 떨어지고 옷에
달린 단추도 몽땅 떨어져 버렸어요.

그렇게 꼬마 고양이들이 난리법석을 부리고 있는 동안
저쪽에서, 뒤뚱뒤뚱 기우뚱기우뚱 푸드득푸드득 꽥꽥,
퍼들덕 오리 가족이 길을 걸어왔어요.

줄줄이 줄을 지어, 뒤뚱뒤뚱 기우뚱기우뚱 푸드득푸드
득 꽥꽥, 걸어왔어요.

　오리들은 멈춰 서서 담장 위 꼬마 고양이들을 쳐다봤어
요. 오리는 눈도 작고 참 신기하게 생겼어요.

　제미마 퍼들덕과 레베카 퍼들덕 아줌마는 모자와 앞치마를 주워서 입기 시작했어요.

　미튼은 깔깔깔 웃다가 담장에서 떨어졌고요. 모펫과 톰 키튼도 따라서 떨어졌어요.

　그러는 바람에 꼬마 고양이들이 입고 있던 옷이 벗겨져 전부 땅으로 떨어졌어요.

모펫이 말했어요.

"오리 아저씨, 드레이크 퍼들덕 오리 아저씨, 이리 와서
좀 도와 주세요. 톰 키튼에게 옷을 입혀 주세요."

하지만 맨 앞에 서 있던 드레이크 퍼들덕 아저씨가 뒤뚱
걸음으로 다가와서, 그 옷들을 자기가 입어 버렸어요.

그런데 옷이 너무 작아서 아저씨 몸에 맞지 않았어요.

　드레이크 아저씨는 "꼬마 도련님, 좋은 아침이군요, 꽥꽥."
하고 인사를 한 다음 제미마와 레베카를 데리고 뒤뚱뒤뚱
기우뚱기우뚱 푸드득푸드득 꽥꽥, 다시 길을 걸어갔어요.
　꼬마들의 옷을 입고 뒤뚱뒤뚱 기우뚱기우뚱 푸드득푸드
득 꽥꽥, 걸어갔어요.

조금 있다가 꼬마들을 찾아 정원으로 나온 엄마 고양이
트위칫은 담장 위에 있는 꼬마 고양이들을 발견했어요. 아
무것도 입지 않은 꼬마 고양이들을요.

"요 말썽꾸러기들 같으니!"

엄마 고양이는 꼬마 고양이들에게 꿀밤을 한 대씩 콩, 콩, 콩 주었어요.

그리고 꼬마들을 집으로 데리고 들어갔어요.

"엄마 친구들이 곧 오실 텐데 꼴이 이게 뭐니. 정말 야단 났구나."

엄마 고양이는 이렇게 말하면서 꼬마들을 위층으로 올려 보냈어요. 그리고 친구들에겐 꼬마들이 감기에 걸려 침대 위에 누워 있다고 둘러댔답니다.

하지만 그건 거짓말이었죠.

　음, 정확하게 말하자면 반은 거짓말이었고, 반은 정말이
었어요. 꼬마 고양이들은 침대 위에 있었지만 얌전히 누워
있지는 않았거든요.

우당탕쿵탕!

위층에서 너무 시끄러운 소리가 나서 엄마 고양이의 티타임 파티는 엉망진창이 되어 버렸답니다.

"어휴, 얘들아 이게 다 뭐니."

그리고 아까 그 퍼들덕 오리 가족 말인데요, 오리 가족
은 연못으로 헤엄을 치러 갔어요.

하지만 오리들이 입고 있던 옷은 물에 들어가자마자 몽
땅 벗겨지고 말았지요. 단추가 하나도 없었으니까요.

　그래서 오리 가족들은 아직도 연못 속에 머리를 넣고
꼬마 고양이들의 옷을 찾고 있답니다.

7

The Tale of
MR. JEREMY FISHER

제레미 피셔 이야기

미나리아재비 풀이 수북하게 자란 잔잔한 연못가에 개구리 아저씨가 집을 짓고 살았어요.

아저씨 이름은 제레미 피셔라고 해요.

집 안은 온통 축축하고 미끌미끌했지요. 제레미 아저씨
는 축축하고 미끌미끌한 것을 좋아하거든요. 왜냐하면 개
구리는 절대 미끄러져 넘어지지도 않고 감기에 걸리지도
않으니까요.

"안녕하신가, 달팽이 친구."

제레미 아저씨는 비가 오면 커다란 빗방울이 호수에 퐁당퐁당 떨어지는 것을 바라보며 즐거워했답니다.

"저녁 때 먹을 벌레하고 송사리를 잡으러 가야겠군. 송사리를 다섯 마리보다 더 많이 잡으면 거북이 알더만 씨하고 도마뱀 뉴튼 씨를 초대해야지. 어차피 거북이 알더만 씨는 채소뿐이 안 드시겠지만 말이야."

　개구리 아저씨는 하얀 비옷을 입고 깜장 고무신을 신고
갈대 바구니를 어깨에 둘러메고 기다란 낚싯대를 들고 연
잎 배를 세워 놓은 데까지 풀쩍풀쩍 뛰어 갔어요.

둥그런 초록 연잎 배는 연못 한 구석 키 큰 물풀 줄기에 잘 묶여 있었어요.

제레미 피셔 아저씨가 말했어요.

"송사리가 잘 잡히는 명당을 알고 있지."

제레미 아저씨는 갈대를 하나 꺾어 연잎 배를 저어 저어
넓은 연못 가운데로 갔어요.

　아저씨는 갈대를 연못 바닥 진흙에 쿡, 찔러 넣고 연잎
배를 단단히 묶었어요.

　그러고는 양반다리로 앉아 낚시 도구를 꺼냈어요.

　아저씨한테는 너무나 예쁜 빨간 찌도 있었고요, 아주 길
고 단단한 막대기도 있었고요, 낚싯줄로 쓸 기다란 말 꼬
리털도 있었어요.

　제레미 아저씨는 말 꼬리털 끝에 작은 꿈틀이 지렁이를
매달았어요.

제레미 아저씨 등에 빗방울이 떨어졌어요. 하지만 아저씨는 한 시간 동안이나 꼼짝도 않고 쪼그려 앉아 찌를 쳐다봤어요. 그러다가,

"이것 참 지루하군. 도시락이라도 먹어야겠는 걸."

개구리 아저씨는 바구니에서 도시락을 꺼냈어요.

"나비 샌드위치를 먹으면서 비가 그칠 때까지 기다려야지."

하면서 한쪽 발을 물에 담그고 냠냠 맛있게 도시락을
먹었어요.

커다란 물방개가 연잎 배 아래로 몰래 다가와 제레미 아저씨의 깜장 고무신을 슬쩍 잡아당겼어요.

아저씨는 발을 물에서 꺼내 다시 양반다리로 앉아 열심히 샌드위치를 먹었답니다.

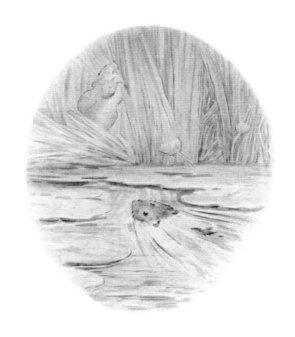

바스락 바스락, 첨벙 첨벙.

연못가에서 뭔가 움직이는 소리가 들렸어요.

"설마 쥐는 아니겠지? 그래도 자리를 옮기는 게 좋겠어."

제레미 아저씨가 말했어요.

제레미 아저씨는 연잎 배를 저어 자리를 옮긴 다음 연못
에 낚싯대를 드리웠어요.

그런데 찌가 마구 움직이는 게 아니겠어요?

"송사리다. 송사리야! 맛있는 송사리 냄새가 나는 걸!"

기분이 좋아진 제레미 아저씨는 낚싯대를 잡아당기면서
소리쳤어요.

　하지만, 아유 깜짝이야!

　제레미 아저씨가 잡은 것은 송사리가 아니라 가시고기였
어요. 온몸이 가시투성이에다 지독하게 못생긴 가시고기
말이에요.

　연잎 배 위로 올라온 가시고기는 펄떡펄떡 파닥파닥 몸
부림을 쳤어요. 그러는 바람에 제레미 아저씨는 손가락을
가시에 찔리고 말았답니다.

　숨이 찬 가시고기는 풍덩, 하고 연못 속으로 다시 뛰어
들었어요.

　가시고기는 송사리 친구들과 함께 물 밖으로 머리만 빼꼼이 내놓고

　"나 잡아 봐라"

　하고 제레미 아저씨를 놀렸어요.

　실망한 개구리 아저씨는 연잎 배 위에 우두커니 앉아 있
었어요. 그리고 가시에 찔린 손가락을 쪽쪽 빨고 있는데,
어이쿠, 이거 큰일이 나고 말았네요. 연잎 배 아래 저 큰
물고기 좀 보세요.

　나중에 다시 이야기해 주겠지만 비옷이 아니었다면 제
레미 아저씨는 정말 큰일이 났을 거예요.

    펄쩍, 하고 커다란 송어 한 마리가 뛰어올라 덥썩, 하고
제레미 아저씨를 입에 물고 풍덩, 하고 연못 바닥까지 내려
갔어요.

하지만 아저씨가 입고 있던 비옷은 너무 질기고 맛도 없었어요.그래서 커다란 송어는 개구리 아저씨를 다시 퉤, 뱉어냈답니다.

송어가 삼킨 것이라고는 아저씨의 깜장 고무신뿐이었어요.

　제레미 아저씨는 마치 물방울처럼 뽀로록, 물 위로 떠올라 연못 가장자리로 헤엄쳐 갔어요.

　껑껑, 끙끙.

　땅 위로 기어 올라온 제레미 아저씨는 비옷을 펄럭펄럭
펄럭이면서 풀밭을 펄쩍펄쩍 뛰어서 집으로 돌아갔어요.

　"꼬치고기가 아니라서 겨우 살았네. 꼬치고기였다면 비 옷까지 먹어 버렸을 거야."

　아저씨는 고개를 도리도리 가로저으면서

　"낚싯대하고 바구니를 잃어버렸지만 괜찮아. 아무튼 이 제 다시는 낚시를 하지 말아야지."

　하고 말했어요.

제레미 아저씨의 친구들이 왔네요.

"이렇게 와주셔서 감사합니다."

비록 송사리 요리는 없지만 다른 요리를 대접하면 되겠죠?

　도마뱀 뉴튼 씨는 금실로 수를 놓은 검은 조끼를 입고
왔고요.

　"오랜만이에요, 뉴튼 씨."

거북이 알더만 씨는 바구니에 채소를 하나 가득 담아
왔어요.

"별일 없으시죠, 알더만 씨?"

　제레미 아저씨와 친구들은 송사리 요리 대신 메뚜기 구이하고 무당벌레 볶음을 맛있게 먹었답니다.

William Hogarth <Four times of the Day - Noon> 1738

8

The Tailor of
GLOUCESTER

글로스터의 재봉사

　아주 오래 전, 남자들도 멋진 가발을 쓰고 금실로 수를 놓은 예쁜 조끼에 꽃 달린 제비꼬리 외투를 입던 시절, 글로스터라는 작은 마을에 재봉사 할아버지가 살았어요. 할아버지는 아침부터 저녁 늦게까지 양복점 창가 평상 위에 쪼그리고 앉아 열심히 옷을 만들었어요. 해가 떠 있을 동안 면 헝겊이나 비단 천을 가위로 자르기도 하고 바느질도 했답니다. 비단 천은 아주 값비싼 천이에요.

할아버지는 값비싼 비단으로 다른 사람에게 옷을 만들어 주었지만 자기는 낡아서 다 헤진 옷을 입고 다녔어요. 비쩍 마르고 쪼글쪼글한 얼굴에 안경을 쓰고 손가락은 굽어 있었고요. 어느 날, 할아버지는 비단 천을 정성껏 잘라 평상 위에 올려놓으며 말했어요.

"천이 너무 조금 남아서 생쥐가 입을 코트도 만들 수 없겠는 걸."

왜냐하면 생쥐들은 아저씨가 남긴 자투리 천으로 옷을 지어 입었거든요. 크리스마스 며칠 전, 너무너무 추웠던 어느 날. 재봉사 할아버지는 외투를 만들기 시작했어요.

글로스터의 시장님이 결혼식 때 입을 장미꽃 무늬가 있는 앵두색 비단 외투와 우윳빛 광택이 나는 조끼를요. 할아버지는 열심히 옷을 만들었어요. 비단 천 길이를 재고, 이리저리 돌려도 보고, 자기 몸에 대어 보기도 했어요. 평상은 비단 조각으로 어지러웠어요.

"천이 너무 조금 남아. 너무 조금 남는다고. 이래서는 생쥐 목도리 밖에 못 만들 거야."

할아버지는 혼자 중얼거렸어요. 창문 밖으로 눈송이가 흩날리자 할아버지는 불을 끄고 하루 일을 마쳤어요. 잘라 놓은 비단 천과 헝겊은 평상 위에 그대로 두었고요.

평상 위에는 외투를 만들 천 열두 조각하고, 조끼를 만들 천 네 조각, 주머니 덮개와 소매, 그리고 단추들이 가지런히 놓여 있었어요.

외투 안감으로 쓸 노란 천에는 단춧구멍 네 개가 있었는데 모두 앵두색 비단실로 마무리했답니다. 준비가 모두 끝났으니 내일 아침 바느질만 하면옷이 완성될 거예요. 아, 하나 빠졌네요.

외투의 단춧구멍을 만들 앵두색 비단실을 더 사야 해요. 재봉사 할아버지는 저녁이 다 되어서야집으로 돌아갔어요. 창문을 꼭꼭 닫고, 문을 단단히 잠그고, 열쇠를 가지고 집으로 돌아갔어요.

밤에는 양복점에 아무도 없답니다. 작은 생쥐들을 빼면요. 생쥐들은 열쇠가 없어도 문틈이나 쥐구멍으로 들락날락할 수 있거든요. 글로스터에 있는 모든 집 벽에는 작은 생쥐가 드나드는 비밀통로가 있답니다. 생쥐들은 비밀통로를 통해서 이 집 저 집을 마음대로 다닐 수 있어요.

양복점을 나온 할아버지는 눈밭을 터덜터덜 걸어서 집으로 갔어요. 가난한 할아버지는 작은 방에서 고양이 한 마리와 함께 살았어요. 할아버지에게는 고양이 심킨이 유일한 가족이었어요.

할아버지가 양복점에 가면 심킨은 혼자 집을 보았어요. 그리고 심킨은 쥐를 아주 좋아했어요.

재봉사 할아버지가 문을 열고 들어오자 심킨이 야옹, 하고 인사했어요. 할아버지는 말했지요.

"이 동전 네 닢이 우리 전 재산이란다. 이 항아리를 들고 가서 한 닢으로는 빵을 사고, 한 닢으로는 우유를 사고, 한 닢으로는 소시지를 사오거라. 그리고 마지막 남은 한 닢으로는 앵두색 비단실을 사거라. 비단실이 없으면 옷을 만들 수 없으니 절대 잊어버리면 안 돼, 알겠지?"

　냐옹, 하고 대답한 심킨은 동전 네 닢을 받아들고 어두운 거리로 나갔어요. 할아버지는 피곤했는지 몸이 으슬으슬했어요. 그래서 따뜻한 난롯가에 앉아 중얼거렸어요.

　"시장님이 결혼식 때 입을 멋진 외투와 조끼를 크리스마스 아침까지 만들어야 하는데, 천이 남지 않아 생쥐 목도리도 못 만들겠는 걸."

　그렇게 혼자 중얼거리고 있을 때, 부엌에서 톡톡, 달그락, 톡톡, 달그락, 하고 이상한 소리가 들려왔어요.

　"이게 무슨 소리지?"

 할아버지는 벌떡 일어나 접시하고 찻잔이 잔뜩 있는 찬장으로 갔
어요. 재봉사 할아버지는 찬장 앞에 서서 안경 너머로 뒤집어진 찻
잔을 물끄러미 쳐다봤어요. 톡톡, 달그락, 톡톡, 달그락, 하는 소리
가 찻잔 속에서 들렸거든요.

 "이상한 일도 다 있군."

 할아버지는 이렇게 말하면서 찻잔을 천천히 들어 올렸어요.

  그러자 찻잔 밑에서 작은 숙녀 생쥐가 걸어 나와 할아버지에게 고
맙다고 인사를 했어요. 생쥐 아가씨는 찬장에서 뛰어내려 벽 아래
쥐구멍으로 쏙 들어갔어요. 할아버지는 다시 의자에 앉아 난롯불
을 쬐면서혼잣말을 했어요.
  "엷은 복숭아색 비단에 장미를 수 놓아 멋진 조끼를 만들어야지.
그나저나 심킨이 비단실을 꼭 사 와야 할 텐데. 단춧구멍을 스물 한
개나 만들어야 하니까."

바로 그때, 또 부엌에서 톡톡, 달그락, 톡톡, 달그락 하는 소리가
들려왔어요.

"정말 이상한 일도 다 있군, 그래."

이렇게 말하면서 할아버지는 뒤집혀 있던 찻잔을 들어 올렸어요.
그러자 찻잔 속에서 작은 신사 생쥐가 나오더니 할아버지에게 고맙
다고 인사를 했어요. 끝이 아니었어요. 찬장 여기저기 뒤집힌 그릇
에서, 찻잔에서, 톡톡, 달그락, 톡톡, 달그락, 하고 소리가 났어요.

　할아버지가 그릇하고 찻잔을 뒤집자 생쥐들이 나와서 인사를 하고는 쥐구멍으로 들어갔어요. 할아버지는 다시 난롯가로 돌아와 한숨을 쉬면서 말했어요.

　"크리스마스까지 스물 한 개나 되는 단춧구멍을 모두 만들어야 해. 그나저나 생쥐들을 봐 주었다고 심킨이 화를 내지 말아야 할 텐데."

　생쥐들은 쥐구멍에서 머리를 내밀고 할아버지가 하는 말을 들었어요. 그러고는 도로 벽 속으로 들어가서 찍찍, 하고 친구들을 불러 모았어요. 생쥐들은 벽 속에 있는 비밀통로를 통해 이 집 저 집을 드나들 수 있다고 했잖아요.

심킨이 돌아왔을 때 찬장에는 생쥐가 한 마리도 없었답니다. 머리 위에, 어깨 위에, 등 위에 눈을 잔뜩 이고 집으로 들어온 심킨은 투덜댔어요.

심킨은 빵하고 소시지를 찬장 위에 두고 킁킁, 냄새를 맡았어요.

"심킨, 비단실은 어디 있니?"

우유가 든 항아리를 마저 내려놓은 심킨은 제자리에 놓여 있는 찻잔을 보고 깜짝 놀랐어요. 찻잔 속에 저녁 때 먹을 생쥐를 가둬 두었는데 말이에요. 재봉사 할아버지가 다시 말했어요.

"심킨, 비단실은 어디 있니?"

　하지만 심킨은 비단실 꾸러미를 몰래 찻주전자 속에 숨겼어요. 그리고 그르렁, 그르렁, 하고 투덜댔어요. 만약 심킨이 말을 할 수 있다면 이렇게 말했을 거예요.

　"할아버지, 내 생쥐들은 어디 있지요?"

　재봉사 할아버지는 슬픈 표정으로 말했어요.

　"맙소사, 옷을 만들지 못하겠어!"

　밤 내내, 심킨은 온 부엌을 뛰어다니며 긁어대고 찻잔 속을 살펴보고 쥐구멍을 들여다보았어요. 하지만 생쥐는 한 마리도 보이지 않았어요. 할아버지가 잠꼬대를 할 때마다 심킨은 투덜댔어요.

그날 밤, 할아버지는 나쁜 꿈을 꾸었어요.

"실이 모자라, 실이 모자라다고."

할아버지는 꿈속에서도 옷을 만들고 있나 봐요.

다음 날도, 그 다음 날도 할아버지는 아파서 꼼짝도 하지 못했어요. 그러면 앵두색 코트는 누가 만들까요? 양복점 평상 위에 놓인 외투에 스물 하고도 한 개나 되는 단춧구멍은 누가 만들까요? 창문은 꼭 닫혀 있고 문은 단단히 잠겨 있는데 누가 와서 바느질을 할까요?

작은 갈색 생쥐들이 할 거예요. 생쥐들은 열쇠가 없어도 글로스터에 있는 집이란 집에는 전부 들어갈 수 있거든요.

 사람들은 시장에서 크리스마스 저녁에 먹을 칠면조를 사들고 집으로 갔어요. 하지만 재봉사 할아버지와 고양이 심킨에게는 돈이 한 푼도 없었어요. 할아버지는 아파서 삼 일이나 누워 있었어요.

 크리스마스 전날 밤, 그것도 아주 늦은 저녁. 달님이 지붕 위에서 눈 내린 마을을 비추었고요. 글로스터에 있는 모든 사람들은 불을 끄고 잠들었어요. 심킨은 아직도 화가 안 풀렸어요. 그래서 할아버지가 누워 있는 침대 곁에서 계속 그르렁 그르렁 투덜댔어요.

그거 알아요?

크리스마스 이른 새벽에는 동물들끼리 서로 말을 할 수 있답니다. 물론 사람은 알아들을 수 없지만요. 뎅그렁 뎅그렁, 교회 종이 열두 번 울리자 심킨은 집 밖으로 나와 눈밭을 돌아다녔어요.

글로스터에 있는 모든 집에서 크리스마스를 축하하는 동물들의 노랫소리가 들려왔어요.

제일 먼저 들려온 것은 수탉이 우는 소리였어요.

"꼬끼오(빨리 일어나 밥 먹어야지)!"

그 소리가 어찌나 크던지 심킨은 깜짝 놀랐어요.

처마 밑에는 참새하고 찌르레기가 노래를 부르고 있었고요.

"짹짹, 짹짹(반갑네, 친구)."

교회 종탑 위에서는 까마귀가 눈을 비비고 있었어요.

"깍깍깍(야밤에 무슨 일이지, 고양이 친구)?"

아직 컴컴한 밤이지만 뻐꾸기하고 종달새도 눈을 뜨고 재잘재잘 재잘댔어요.

하지만 배고픈 심킨한테는 귀찮은 소리일 뿐이었어요. 그중에서
도 저 멀리에서 들려오는 왱왱왱 작은 목소리가 제일 듣기 싫었어
요. 아마 박쥐가 내는 소리겠지요. 왜냐하면 박쥐들은 목소리가 아
주 작거든요. 재봉사 할아버지가 잠꼬대를 하는 것보다도 목소리가
더 작아요. 심킨은 작은 소리에 귀가 간지러웠는지 귀를 툭툭 털고
계속 걸어갔어요.

양복점 가까이 가자, 창문에 불빛이 보였어요. 심킨이 창문으로 안을 들여다보니 누가 온통 촛불을 밝혀 놓았지 뭐예요! 평상 위에 서 생쥐들이 노래를 하고 있었어요.

스물 네 명이나 되는 재봉사, 달팽이를 잡으러 간 재봉사, 제일 용 감한 재봉사, 달팽이 꼬리도 못 건드리는 재봉사, 달팽이가 성난 들 소처럼 뿔을 내민다, 도망치는 재봉사, 달팽이한테 잡아먹힐라!

그리고 다른 노래도 계속 불렀어요.

쌀가루를 체로 쳐서, 밀가루를 체로 쳐서, 호두껍질 속에 넣어서, 한 시간만 굽자!

 심술이 난 심킨이 문을 긁어댔어요. 하지만 열쇠는 할아버지 베개 밑에 있어서 심킨은 문을 열 수가 없었답니다. 생쥐들은 깔깔 웃으며 또 노래를 불렀어요.

생쥐 세 마리가 평상에 앉아 있었지.

고양이가 물었어. "무얼 하고 있는 거니?"

생쥐들은 대답했지. "외투를 만들고 있지."

고양이가 물었지어. "내가 실을 잘라 주지."

생쥐들은 대답했지, "아니, 우릴 깨물 거잖아."

심킨이 소리쳤지만 생쥐들은 계속 노래했어요.

런던 부자들은 보라색을 좋아해!

비단 옷깃에 금실로 수놓은 소매!

부자들은 뽐내면서 걸어 다니네!

생쥐들은 골무를 두드리면서 노래를 불렀지만 심킨은 듣기 싫었어요. 심킨은 양복점 문 앞에서 킁킁, 냄새만 맡았지요.

작은 항아리, 큰 항아리, 깊은 항아리, 얕은 항아리, 찬장 위에 항아리, 한 닢에 네 개짜리 항아리

심킨은 창문에 매달려 소리쳤어요.

"냐옹, 냐옹(이 문 열지 못해)!"

하지만 생쥐들은 계속 흥얼거렸어요.

"실이 모자라, 실이 모자라다고."

그리고는 창문으로 달려가 커튼을 쳤어요. 하지만 생쥐들의 노랫소리는 계속 들렸어요.

실이 모자라, 실이 모자라다고!

  할 수 없이 심킨은 집으로 돌아왔어요. 무언가 골똘히 생각하면
서요. 착한 생쥐들은 아저씨를 위해 열심히 옷을 만들고 있는데 자
기는 비단실을 감추다니, 심킨은 너무나 부끄러웠어요.

  집에 와 보니 할아버지는 열도 내렸고 곤히 잠들어 있었어요. 심
킨은 까치발로 서서 찬장 위 찻주전자 속에 감춰 둔 비단실 꾸러미
를 꺼냈어요. 재봉사 할아버지가 잠에서 깨어나니 이불 위에 앵두
색 비단실 꾸러미가 놓여 있었어요. 심킨은 그 옆에서 잘못을 뉘우
치고 있었답니다.

"어라, 비단실이 여기 있었네?"

할아버지가 옷을 입고 거리로 나왔을 때는 이미 해가 눈밭을 환히 비추고 있었어요. 고양이 심킨도 할아버지를 따라 나섰어요. 찌르레기가 굴뚝 위에 앉아 휘파람을 불고 개똥지빠귀가 노래를 불렀어요. 하지만 이른 새벽처럼 말을 하지는 않았어요.

"이를 어째. 실은 있지만 시간이 없어. 단춧구멍 하나도 못 만들거야. 벌써 크리스마스 아침인데,

시장님은 열두 시에 결혼식을 올릴 거야. 빨리 옷을 만들어야 해."

　할아버지가 열쇠로 양복점 문을 열자마자 심킨이 후다닥 안으로 뛰어 들어갔어요. 뭔가를 잡으려 하는 것처럼요. 하지만 양복점 안에는 생쥐 한 마리도 보이지 않았어요. 바닥은 실오라기 하나 없이 깨끗했고요. 그런데 평상 위에는,

　세상에나!

　너무나도 아름다운 외투하고 조끼가 놓여 있었어요. 글로스터의 시장님이 결혼식 때 입을 옷 말이에요.

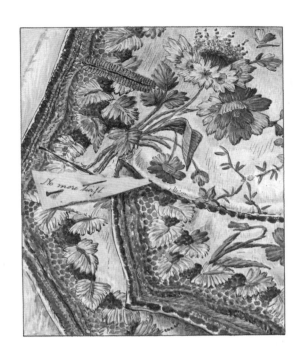

　외투에는 장미꽃하고 제비꽃이 피어 있었고요, 조끼에는 진달래꽃하고 국화꽃이 피어 있었어요.

　그런데 자세히 보니 단춧구멍 하나가 아직 완성되지 않았어요. 그 옆에는 아주 작은 종이에 아주 작은 글씨로 이렇게 써 있었어요.

　"실이 모자라요."

　할아버지는 심킨이 준 예쁜 앵두색 비단실로 나머지 단춧구멍을 얼른 만들었답니다.

　그 후, 재봉사 할아버지에게 행운이 찾아왔어요.

　할아버지는 건강해졌고, 돈도 많이 벌었대요. 또 재봉사 할아버지는 글로스터의 부자들과 점잖은 신사들에게 예쁜 옷을 만들어 주었어요. 사람들이 그렇게 예쁜 주름 장식과 소매 장식은 처음 봤대요. 특히 단춧구멍은 너무나 훌륭하다고 칭찬했어요. 안경 쓴 할아버지가 구부러진 손가락에 골무를 끼우고 어떻게 그렇게 촘촘하게 바느질을 했을까 모두들 궁금하다고 했지요. 바느질이 어찌나 촘촘한지 꼭 작은 생쥐가 만든 것 같았거든요!

9

The Tale of
TIMMY TIPTOES

티미 팁토스 이야기

아주아주 키가 큰 나무 꼭대기. 나뭇잎 지붕을 얹은 작은 둥우리에 회색 다람쥐 부부가 살았어요.

느긋하고 통통한 다람쥐 아저씨는 티미 팁토스고요. 알뜰하고 날씬한 다람쥐 아줌마는 구디 팁토스인데요. 둘은 참말로 사이 좋은 부부랍니다.

　폭신폭신 꼬리를 깔고 앉아 산들바람을 즐기던 티미 아
저씨가 꼬리를 툭툭 털고 일어나면서 말했어요.

　"귀여운 부인, 나무 열매가 다 익은 것 같은데."

　구디 아줌마는 벽이며 지붕에 뚫린 구멍을 마른 이끼로
막고 있었어요. 빈틈으로 찬 바람이 휭휭, 들어왔거든요.

　"이제 따뜻한 집에서 겨울잠을 푹 잘 수 있을 거예요."

　그러자 부지런한 티미 아저씨가 말했어요.

　"겨울잠에서 깨면 배가 호올쭉해져 있을 거야. 슬슬 잠
에서 깨어난 다음에 먹을 열매를 모아야겠는 걸."

　다람쥐 부부가 호두나무 숲에 왔을 때는, 다른 다람쥐들도 벌써 나와서 나무열매를 모으고 있었어요.

　"우리도 슬슬 시작합시다."

　티미 아저씨는 외투를 벗어 나뭇가지에 걸어 놓고 밤이며 잣이며 호두며 도토리며 나무열매를 열심히 주웠답니다.

　다람쥐 부부는 매일매일 숲 여기저기를 돌아다니며 나
무열매를 아주아주 많이 모았어요. 그러고는 열매를 집 근
처 나무 밑동에 잘 넣어 두었어요.

　"여기 숨겨 놓으면 아무도 모르겠지?"

　그러다가 나무 밑동이 꽉 차서 더 이상 열매를 넣을 수 없게 되자, 전에 딱따구리가 살던 빈 나무구멍에 호두랑 밤이랑 도토리랑을 넣기 시작했어요.

　호두는 우당탕, 밤은 또르르, 도토리는 데굴데굴, 요란한 소리를 내며 구멍으로 떨어졌어요.

　그러자 다람쥐 아줌마가 걱정스럽게 말했어요.

　"구멍이 저금통 구멍처럼 작아 들어갈 수가 없는데 나무 열매를 어떻게 꺼내지요?"

　아저씨는 흐뭇한 표정으로 구멍을 들여다보며 말했어요.

　"봄에는 배가 홀쭉해져 있을 테니 거뜬히 들어갈 수 있어."

　다람쥐 부부는 나무열매를 아주 많이 모았어요. 왜냐하면 밤 한 톨, 호두 한 알도 잃어버리지 않았으니까요.

　다른 다람쥐들은 나무열매를 땅에 파묻어요. 하지만 어디에 묻어 두었는지 기억이 안 나서 봄이 되면 그 절반도 찾질 못한답니다. 숲에서 건망증이 제일 심한 다람쥐는 실버테일 할아버지일 거예요. 할아버지는 가끔 자기가 묻은 열매도 아닌데 파 먹곤 해요. 그러면 어김없이 싸움이 나요.

　아무튼 봄이 오면 여지저기 땅을 파고 다니는 다람쥐들 때문에 숲은 온통 난리법석이랍니다.

　그 때, 작은 새들이 배추벌레랑 송충이랑 거미를 잡아먹
으러 이 숲 저 숲 날아다니면서 노래를 했어요.

　"누가 내 호두를 파 먹었지? 누가 내 밤을 파 먹었지?"

　또 어떤 새들은 이렇게 노래를 불렀어요.

　"빵도 없고 치즈도 없어, 빵도 없고 치즈도 없어."

　다른 다람쥐들은 새들을 따라다니며 노래를 듣느라 정신이 없었어요. 티미 팁토스 아저씨와 구디 팁토스 아줌마가 수풀 속에서 열심히 호두 자루를 묶고 있는데 새 한 마리가 그리로 날아와 재잘재잘 노래를 불렀어요.

　"누가 내 호두를 파 먹었지? 누가 내 밤을 파 먹었지?"

　다람쥐 부부는 대답도 하지 않고 계속 나무열매를 주웠어요. 그건 그냥 노래니까 대답할 필요가 없거든요.

하지만 그 노래를 듣고 있던 다람쥐들은 정말로 티미 아저씨가 밤이랑 호두를 파 먹은 줄 알고 티미 아저씨한테 달려들어 꼬리를 잡아당기고 할퀴고 그것도 모자라 호두 자루를 쏟아 버렸어요. 자기 노래 때문에 이 소동이 일어난 줄도 모르는 새는 놀라서 훌쩍 날아가 버렸답니다.

티미 아저씨는 데굴데굴 구르면서 꼬리를 바짝 세우고 자기 집 쪽으로 달아났어요. 하지만 못된 다람쥐들은,

"누가 내 호두를 파 먹었지? 누가 내 밤을 파 먹었지?"

하고 소리를 치면서 아저씨를 따라갔어요.

　하지만 결국 티미 팁토스 아저씨는 다람쥐들한테 붙잡
히고 말았어요. 다람쥐들은 아저씨를 나무 위로 끌고 올라
가 다람쥐 부부가 나무열매를 넣는 작은 구멍으로 억지로
밀어 넣었어요.

　"아야야, 아프다구!"

　구멍이 너무 작아서 아저씨의 갈비뼈가 구멍에 걸렸지
만, 다람쥐들은 인정사정 봐주지 않았어요. 그리고 실버테
일 할아버지가 구멍 안을 들여다보면서 말했어요.

　"누가 내 호두를 파 먹었지? 사실대로 말할 때까지 여기
에 가둬 둘 테다."

티미 아저씨는 대답을 하지 못했어요. 왜냐하면 자기가 쌓아 둔 호두랑 밤이랑 도토리 위로 거꾸로 떨어져서 정신을 잃었거든요.

불쌍한 티미 팁토스 아저씨.

　아무것도 모르는 구디 팁토스 아줌마는 혼자 호두 자루를 메고 집으로 갔어요. 티미 아저씨를 위해 따뜻한 차도 끓였지요. 하지만 아무리 기다려도 아저씨는 돌아오지 않았어요. 아줌마는 밤새도록 걱정하면서 쓸쓸하게 아저씨를 기다렸어요.

　다음 날 아침. 아줌마는 남편을 찾아 숲으로 갔어요. 그러나 다른 다람쥐들은 구디 아줌마를 쫓아 버렸어요. 쌀쌀맞은 다람쥐들 같으니라구!

　구디 아줌마는 숲 구석구석 아저씨를 찾아 돌아다녔어요.

　"여보! 티미 팁토스! 어디에 있는 거예요?"

　그러는 사이, 티미 팁토스 아저씨는 겨우 정신을 차렸어요. 아저씨는 작은 침대 위에 이끼 이불을 덮고 누워 있었어요. 주변이 컴컴한 걸 보니 땅 속인 거 같아요.

　티미 아저씨는 콜록콜록 기침을 했어요. 갈비뼈 부분이 쿡쿡 쑤셨거든요. 저쪽에서 찍찍, 하는 소리가 들리더니 명랑한 줄무늬 다람쥐 치피하키 아저씨가 호롱불을 들고 나타났어요.

　"아저씨, 몸은 좀 괜찮으세요?"

　치피하키는 친절하게도 티미 아저씨에게 침대 모자도 빌려 주었답니다. 가만 보니 집 안은 나무열매로 가득했어요.

줄무늬 다람쥐 치피하키가 말했어요.

"저 구멍에서 나무열매가 비처럼 쏟아져요."

그러자 티미 아저씨가 대답했어요.

"전부 제가 넣는 거랍니다."

둘은 배꼽을 잡고 웃었어요. 치피하키 아저씨는 티미 아저씨에게 먹을 것을 가져다 주었어요. 하지만 티미 팁토스 아저씨는 말했어요.

"너무 많이 먹으면 안 돼요. 구멍으로 빠져나가려면 홀쭉해져야 하거든요. 아내가 걱정하고 있을 텐데."

"그러지 말고 한 개만, 더 드세요. 껍질을 벗겨 드릴게요."

결국 티미 아저씨는 점점 더 뚱뚱해졌답니다.

　이제 구디 팁토스 아줌마는 혼자서라도 나무열매를 모
아야 해요. 하지만 딱따구리 구멍에는 열매를 넣지 않을
거예요. 나중에 어떻게 다시 꺼낼까 걱정이 되거든요. 대
신 나무 밑동에 잘 숨겨 두기로 했어요.

　데굴, 데굴, 데굴.

　아줌마는 호두랑 밤이랑 도토리를 나무 밑동 구멍으로
굴려 넣었어요.

　그러던 어느 날, 나무 밑동에서 줄무늬 다람쥐 아줌마
가 씩씩거리며 후다닥, 하고 뛰어 나오지 뭐예요!

"꽉 찼다고요. 방도 꽉, 거실도 꽉. 꽉! 꽉! 집 안에 호두가 굴러다닐 정도라고요. 남편 치피하키도 집에 돌아오지 않아 속이 상했는데, 이 호두들은 대체 뭐람!"

"누가 살고 있는지 몰랐어요. 정말 미안해요."

구디 팁토스 아줌마가 말했어요.

"그런데 치피하키 씨는 어디에 간 걸까요? 우리 남편 티미 팁토스도 돌아오지 않았는데."

"저는 어디에 있는지 알아요. 작은 새가 말해 주었거든요."

줄무늬 다람쥐 아줌마가 말했어요.

　구디 팁토스와 줄무늬 다람쥐 아줌마는 딱따구리 구멍
으로 갔어요. 구멍 안 깊은 곳에서는 으적으적, 나무열매
먹는 소리가 들렸고요,

　뚱뚱한 회색 다람쥐와 홀쭉한 줄무늬 다람쥐가 부르는
노랫소리도 들렸어요.

　"영감, 구멍 속에 숨겨 놓은 호두를 보았나?"

　"할멈, 이 몸이 배가 고파 몽땅 먹어 치웠지!"

　"잘 했군, 잘 했어, 잘 했군, 잘 했군, 잘 했어."

구디 팁토스 아줌마가 말했어요.

"당신은 작으니까 구멍으로 들어갈 수 있을 거예요."

줄무늬 다람쥐 아줌마는 대답했어요.

"하지만 우리 남편 치피하키가 날 깨물지도 몰라요."

구멍 안에서는 으적으적 땅콩을 까 먹는 소리와 사각사
각 잣을 갉아 먹는 소리가 들렸어요. 그리고 노랫소리도
계속 들렸어요.

"에헤라디야, 에헤라디야."

"노세, 노세, 젊어서 노세."

구디 아줌마가 구멍 속을 들여다보면서,

"여보, 티미 팁토스! 거기 있어요?"

그러자 티미 아저씨가 대답했어요.

"당신이오, 구디? 세상에, 당신이구려."

티미 아저씨는 구멍으로 올라와 머리만 내놓고 아줌마에게 입을 맞추었어요. 하지만 배가 너무 불룩해서 구멍으로 빠져나올 수는 없었답니다.

치피하키는 별로 뚱뚱하지 않았지만 나가고 싶지 않은가 봐요. 그냥 구멍 아래서 키득키득 웃고만 있는 걸요.

  그렇게 보름이 지난 후, 거센 바람이 불어 나무가 뚝, 부러지는 바람에 비가 구멍 안으로 들이치게 되었어요.

  그래서 티미 팁토스 아저씨는 우산을 쓰고 아줌마랑 같이 집으로 돌아갔어요.

그렇지만 줄무늬 다람쥐 치피하키 아저씨는 비를 쫄딱
맞으면서도 일주일이나 거기에 있었답니다. 일주일이나요.

어휴, 저런. 축축하겠다.

"이봐요, 집에 안 갈 거예요?"

그때 마침, 커다란 곰이 나타나 숲을 어슬렁거렸어요.

"킁킁, 도토리 냄새가 나는데, 크허엉!"

저렇게 킁킁, 냄새를 맡고 다니는 걸 보면 다람쥐들이 숨겨 놓은 나무열매를 찾고 있는 것이 분명해요.

"이크, 곰이다, 곰이야!"

깜짝 놀란 치피하키 아저씨는 후다닥 뛰어서 집으로 돌아갔답니다.

집으로 돌아온 치피하키 아저씨는 감기에 걸려 머리가
지끈거렸어요. 이불을 뒤집어 쓰고 따뜻한 물에 발도 담갔
지만 감기는 점점 더 심해졌어요.

"콜록콜록, 으잇취이~!"

　그리고 사이 좋은 회색 다람쥐 부부 티미 팁토스 아저
씨와 구디 딥토스 아줌마는 나무열매 창고에 튼튼한 자물
쇠를 달았답니다.

　작은 새들은 다람쥐를 볼 때마다

　"누가 내 호두를 파 먹었지? 누가 내 밤을 파 먹었지?"

　하고 노래를 부르지만 다람쥐들은 휘이, 휘어이, 하고
쫓아 버릴 뿐, 아무런 대답도 하지 않는답니다.

10

The Story of a
FIERCE BAD RABBIT

사납고 못된 토끼 이야기

오늘은
사납고 못된 토끼 이야기를 해 줄게요.
요 사납고 못된 토끼 좀 보세요.
빳빳한 수염, 뾰족한 발톱.
치켜세운 꼬리!

얌전하고 착한 토끼.

엄마가 주신

맛있는 당근.

사납고 못된 토끼는

너무너무 당근이

먹고 싶었어요.

"이리 내!"

사납고 못된 토끼가 당근을 빼앗아요.

"나도 좀 줄래?"

라고 해야지!

사납고 못된 토끼가

얌전하고 착한 토끼를

세게 밀쳐 버려요.

불쌍한 착한 토끼는

무서워서 굴 속으로 숨어 버려요.

기다란 총을 든

무서운 사냥꾼 아저씨.

"의자 위에 저게 뭐지?

이상하게도 생겼구나."

사냥꾼 아저씨가

나무 뒤에 숨었다가

살금살금 다가와서

기다란 총으로

"빵!"

아이코, 깜짝이야.

이게 무슨 일이지요?

헐레벌떡 뛰어오는 사냥꾼 아저씨.

의자 위에 남은 건

당근하고 수염하고 복실한 꼬리.

얌전하고 착한 토끼는

굴 속에 숨어 있었고요.

꼬리가 떨어진 사납고 못된 토끼는

우앙우앙 울면서 도망쳤대요.

II

The Tale of
TWO BAD MICE

헝커멍커 이야기

저기 인형이 사는 작은 집을 좀 보세요. 빨간 벽돌로 지은 인형의 집에는 하얀 창문이 달려 있고요. 창문에는 커튼이 달려 있어요. 지붕에는 굴뚝이 솟아 있고요. 어머, 작은 현관문도 있네요!

　인형의 집에는 꼬마 인형 루신다랑 제인이 살아요. 하지만 루신다랑 제인은 요리를 하거나 밥을 짓지 않아요. 왜냐하면 작은 상자 안에 장난감 음식이 아주 많이 있으니까요.

맛있는 새우도 있고 두툼한 고기도 있고 신선한 생선도 있고 달콤한 푸딩도 있고 사과하고 오렌지도 있네요.

와, 예뻐라.

하지만 장난감 음식이라 접시에 딱 붙어서 정말로 먹을 수는 없답니다.

어느 날 아침, 루신다하고 제인은 작은 마차를 타고 외출을 했어요. 이제 인형의 집에는 아무도 없어요. 집이 텅텅 비어서 아주 조용하겠지요?

그때 구석에 있는 벽난로 안에서 부스럭부스럭 소리가 났어요. 벽난로 구석에는 아주 작은 쥐구멍이 있어요.

작은 생쥐 톰썸이 쥐구멍으로 머리를 쏙 내밀고 주위를 살펴보고는 다시 구멍 속으로 쏙 들어갔어요.

　잠시 후, 톰썸의 부인 헝커멍커도 머리를 쏙 내밀고 주위를 살폈어요. 지금 방 안에는 아무도 없어요.

　생쥐 부부 톰썸과 헝커멍커는 쥐구멍에서 나와서 방 여기저기를 둘러보고 다녔어요.

　인형의 집은 벽난로 바로 옆에 있었어요. 톰썸과 헝커멍 커는 조심조심, 살금살금, 인형의 집으로 다가가서 삐그덕, 현관문을 열고 인형의 집으로 들어갔어요.

　톰썸하고 헝커멍커는 거실도 구경하고 침실도 구경하고 부엌도 구경했어요. 그런데 식탁 위에 아주 먹음직스러운 음식들이 차려져 있지 뭐예요. 반짝반짝 은색 포크와 나이프도 있었고요. 눈이 휘둥그래진 톰썸이 말했어요.

　"찍찍. 여보, 너무 맛있겠는 걸?"

톰썸은 포크와 나이프를 들고 제일 맛있어 보이는 고기를 썰어 먹으려고 했어요. 하지만 고기가 너무 딱딱해서 나이프가 부러지고 말았어요. 그러는 바람에 톰썸은 손가락을 베었어요. 톰썸이 손가락을 쪽쪽 빨면서 헝커멍커에게 말했어요.

"고기가 덜 익었나 보군. 여보, 당신이 한번 썰어 보구려."

　헝커멍커는 의자 위에 올라서서 고기를 썰었어요. 하지
만 고기가 너무 딱딱해서 아무 소용이 없었지요.

　헝커멍커는 말했어요.

　"딱딱한 걸 보니 맛도 없을 거예요."

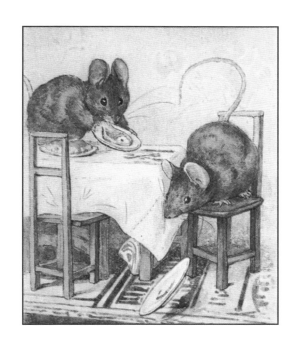

화가 난 톰썸은 고기 접시를 식탁 아래로 던져 버렸어요. 그리고 헝커멍커를 보면서 말했어요.

"고기는 버립시다. 여보, 생선 좀 주겠소?"

헝커멍커는 생선을 덜려고 했지만 생선이 접시에 딱 붙어 있어서 떨어지지 않았어요.

화가 머리끝까지 난 톰썸은 생선 접시를 쿵쿵, 쾅쾅, 쿵쿵, 쾅쾅, 티스푼으로 마구 두들겨 부숴 버렸어요.

접시는 산산 조각이 났어요. 그 음식들은 진짜 음식이 아니라 플라스틱으로 만든 가짜 음식이었어요.

　톰썸하고 헝커멍커는 아직도 화가 풀리지 않았나 봐요. 푸딩하고 새우하고 오렌지하고 사과를 쿵쿵, 쾅쾅, 쿵쿵, 쾅쾅 부숴 버렸어요. 그리고 그것들을 부엌 난로 속에 넣어 버렸어요.

　하지만 아무 것도 태울 수가 없었어요. 왜냐하면 난로 속 불도 가짜 불이었거든요.

　톰썸은 부엌 굴뚝으로 들어가 꼭대기까지 올라가 보았
지만 굴뚝에는 그을음이 하나도 없었어요. 불을 피운 적
이 없나 봐요.

　톰썸이 굴뚝에 올라가 있는 동안 헝커멍커는 찬장을 살펴봤어요. 찬장 안에는 깡통이 많이 있었는데요. 깡통에는 이렇게 쓰여 있었지요.

　쌀, 밀가루, 커피, 설탕.

　헝커멍커는 깡통을 뒤집어 속에 든 것을 쏟아냈어요. 하지만 나온 것은 쌀, 밀가루, 커피, 설탕이 아니라 빨간 구슬하고 파란 구슬이었어요.

　실망한 두 마리 말썽꾼 쥐 그러니까 톰썸하고 헝커멍커
는 말썽을 부리기 시작했어요. 톰썸은 숙녀 인형 제인의
옷장에서 분홍 옷을 꺼내서 창밖으로 집어던졌답니다.

　하지만 알뜰한 살림꾼 헝커멍커는 숙녀 인형 루신다의
베개에서 깃털을 절반쯤 덜어냈어요. 헝커멍커는 깃털이불
을 만들고 싶었거든요.

　톰썸과 헝커멍커는 영차, 영차, 깃털 자루를 들고 인형
의 집에서 나와 쥐구멍 속으로 쏙 들어갔어요. 자루가 너
무 커서 힘들었지만 겨우겨우 쥐구멍으로 들어갔어요.

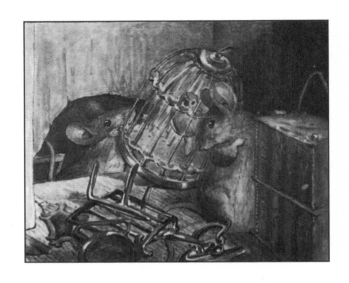

    톰썸과 헝커멍커는 다시 인형의 집으로 돌아와서 의자
하고 책장하고 새장하고 그리고 몇 가지 잡동사니들을 날
랐어요. 하지만 새장하고 책장은 너무 커서 쥐구멍에 들어
가지 않았어요.

　헝커멍커는 새장하고 책장을 벽난로 옆 장작 뒤에 그냥
두고 대신 아기침대를 낑낑, 영차영차 끌고 왔어요.

   톰썸과 헝커멍커가 인형의 집에서 의자를 하나 더 들고
가려고 할 때 누군가 재잘재잘 떠들면서 계단을 올라오는
소리가 들렸어요.
   두 마리 생쥐가 후다닥 뛰어서 쥐구멍으로 쏙 들어가자
마자 숙녀 인형 제인과 루신다가 마차를 타고 집으로 돌아
왔어요.

　제인과 루신다는 엉망이 된 부엌과 침실을 보고는 누가 집을 난장판으로 만들었는지 너무 궁금해서 서로 말똥말똥 쳐다만 봤어요.

　"아니, 이게 다 뭐야."

　이렇게 말하면서요.

제인과 루신다는 벽난로 옆 장작 뒤에서 책장하고 새장을 찾아 도로 들고 왔어요. 하지만 아기침대하고 루신다 옷 몇 벌은 헝커멍커가 가져갔어요.

　　그리고 파란 주전자하고 손잡이 달린 냄비하고 프라이

팬하고 또 작은 물건들도 가져왔어요.

인형의 집을 가지고 노는 소녀는 이렇게 말했어요.

"집 앞에 경찰 인형을 세워 놓을 거야."

소녀의 엄마는 이렇게 말했답니다.

"쥐덫도 놓아야겠구나."

　하지만 톰썸과 헝커멍커는 그렇게 나쁜 쥐는 아니랍니다.
톰썸은 자기가 부순 음식들을 나중에 모두 물어냈어요.
　크리스마스 이브 늦은 밤, 톰썸은 바닥에 떨어진 동전을
주워 인형의 집에서 가져온 양말에 담아 인형의 집 문 앞
에 놓아 두었답니다.

그리고 매일 아침에, 아무도 일어나지 않은 이른 아침에,
헝커멍커가 빗자루랑 쓰레받기를 들고 인형의 집에 몰래
찾아와서 어질러진 부엌과 침실을 말끔히 청소했답니다.

12

The Tale of
JOHNNY TOWN-MOUSE

도시쥐 조니 이야기

　도시에 사는 도시 생쥐 조니는 어떤 집 찬장 안에서 태어났고요. 시골에 사는 시골 들쥐 티미윌리는 시골집 텃밭에서 태어났어요.

　햇살이 쏟아지는 어느 여름 날, 조그만 시골쥐 티미윌리가 싱싱한 채소가 하나 가득한 버들바구니 안으로 기어 들어갔어요.

　"이야, 채소가 참 많구나!"

　그 안에서 티미윌리는 완두콩 강낭콩을 까 먹고서는

"아이고, 배 불러라"

　하며 쿨쿨 잠이 들고 말았어요. 그런데 채소가 들어 있
는 버들바구니를, 티미윌리가 자고 있는 버들바구니를 시
골집 아저씨가 번쩍 들어서 짐마차에 실어서 도시로 보냈
어요.

덜컹덜컹 짐마차가 흔들리는 바람에, 따가닥 따가닥 시
끄러운 말발굽 소리에 잠에서 깬 시골쥐 티미윌리는 너무
너무 무서워 벌벌 떨고 있었어요.

"도대체 어디로 가는 걸까?"

　짐마차가 멈추자 마부 아저씨가 버들바구니를 어떤 집 앞에다 내려놓았어요.

　짤그락, 마부에게 동전 여섯 닢 주는 소리, 쾅, 대문 닫히는 소리, 덜컹덜컹, 짐마차 지나가는 소리, 멍멍, 개 짖는 소리, 휘이익, 동네 아이들 휘파람 소리, 지지배배, 카나리아 울음소리.

　조용한 시골에서만 살아온 티미윌리는 하도 시끄러워서 너무너무 겁이 났어요. 그래서 채소 밑에 가만히 웅크리고만 있었어요.

　그러다 아줌마가 바구니를 열고 미나리, 양파, 감자, 고
구마를 하나, 둘, 셋, 넷 헤아리며 꺼내기 시작하자 깜짝
놀란 티미윌리가 쏜살같이 뛰쳐나와 후다닥 도망쳤어요.

아줌마는 깜짝 놀라 의자 위로 뛰어 올라가,

"에그머니, 쥐다, 쥐! 고양이를 데려오렴! 빗자루 좀 가져 다 주렴!"

하고 고래고래 꽥꽥꽥, 소리소리 쳤어요. 티미윌리는 벽 구석에 있는 조그만 쥐구멍으로 쏘옥 뛰어 들어갔어요.

티미윌리는 도시쥐들이 저녁을 먹고 있는 식탁 위로 와 장창쿵창, 쨍그랑쨍강, 요란한 소리를 내면서 떨어졌어요.

그러는 바람에 유리잔 세 개를 깨뜨렸어요.

"아이고 깜짝이야, 이건 또 뭐람!"

도시쥐 조니는 깜짝 놀라 소리쳤다가 놀란 가슴 쓸어내리며 점잖은 신사처럼 말했어요.

"어디서 오신 누구신지요?"

"나는 시골에서 온 티미윌리야."

티미윌리가 미안한 말투로 말했어요. 도시쥐 조니는 예의 바르게 자기소개를 했답니다.

"처음 뵙겠습니다. 마루 밑에 사는 조니라고 합니다. 이 쪽은 제 친구들입니다."

다른 쥐들은 모두 하얀 나비넥타이를 매고 있었고요. 털도 단정하고 꼬리도 길었어요. 그렇지만 티미윌리는 털도 덥수룩했고 꼬리도 볼품이 없었답니다. 다들 티미윌리가 촌스럽다는 것을 알았지만 워낙 점잖은 도시쥐들은 모르는 척 했어요. 도시쥐 한 마리가 이렇게 말했을 뿐이에요.

"혹시 쥐덫에 걸려 본 적 있나요?"

조니가 정중하게 말했어요.

"그럼 같이 식사를 하실까요?"

식탁 위에는 반찬이 여덟 가지나 있었어요. 그런데 전부
처음 보는 음식이라 티미윌리는 먹을까 말까 망설였지요.

하지만 너무너무 배가 고프기도 했고 먹지 않으면 실례
라 생각한 티미윌리는 도시쥐들과 함께 식사를 했어요.

그렇지만 머리 위에서 쿵쿵쾅쾅 계속 시끄러운 소리가
나서 신경이 쓰였어요. 그래서 그만 접시를 떨어뜨렸어요.

"신경 쓰지 마세요. 저희랑은 상관 없는 일이니까요."

조니가 침착하게 말했어요.

밥을 먹던 조니가 다른 쥐들한테 말했어요.

"젤리 가지러 간 친구들은 왜 돌아오지 않는 거지?"

조금 전 위층에서 쿵쿵거리는 소리는 젤리를 가지러 부
엌으로 올라간 쥐 두 마리가 한바탕 소란을 피우는 소리
였어요. 그때 쥐 두 마리가 찍찍거리며 젤리가 담긴 접시
를 들고 뛰어 왔어요. 그 쥐들은 다른 쥐들이 식사를 하
는 동안 고양이에 쫓기면서 몇 번이나 쥐구멍을 들락거리
며 음식을 날라 왔어요. 티미윌리는 입맛이 사라졌어요.

"젤리 좀 드시겠어요?"

조니가 말했어요.

"싫은가요? 그럼 한숨 주무실래요? 세상에서 제일 폭신한 소파를 보여 드릴게요."

소파에는 작은 구멍이 있었어요. 조니는 손님을 위해 남겨둔 자리라며 티미윌리에게 권했지만 소파에서는 고양이 냄새가 풀풀 났어요.

그래서 티미윌리는 벽난로 밑에서 처량하게 밤을 지새웠답니다.

　다음 날도 사정은 똑같았어요. 멋진 아침식사가 차려졌
지요. 도시쥐들은 베이컨을 즐겨 먹었지만 티미윌리는 감
자랑 시금치 같은 싱싱한 채소만 먹고 자랐어요.

　도시쥐들은 낮에는 마루 밑에서만 지내다가 저녁이 되
면 밖으로 나와 온 집 안을 돌아다녔어요.

　어느 날 아줌마가 쟁반에 과자랑 딸기잼이랑 홍차를 담
아 계단을 오르다가, 우당탕 쿵탕, 요란한 소리를 내면서
넘어졌지 뭐예요.

　도시쥐들은 과자 부스러기랑 잼이랑 홍차를 정신없이
주워 모았어요. 언제 고양이가 나타날지 모르는데 말예요!

    티미윌리는 양지바른 시냇가 평화로운 시골집에서 마음 편히 쉬고 싶었어요. 도시는 음식도 입에 맞지 않고 시끄러운 소리 때문에 잠을 잘 수가 없었거든요.

    그렇게 며칠이 지나자 티미윌리는 부쩍 여위었어요. 그것을 눈치챈 조니가 "무슨 일 있니?" 하고 물었어요.

    "내가 살던 평화로운 텃밭으로 돌아가고 싶어."

    티미윌리가 대답하자 조니는 시골에 대해 물었어요.

    "시골은 지루한 곳인데, 비가 오는 날은 무얼 하니?"

"비가 오면 굴 속에서 옥수수알을 떠어내고 씨앗 껍질을 벗긴단다. 그리고 풀밭에 내려앉은 개똥지빠귀나 찌르레기 랑 인사를 해. 참새 친구 로빈하고 같이 수다도 떨고 말이 야. 그리고 해가 나면 꽃을 구경하지. 장미며 패랭이꽃이 며 팬지가 얼마나 아름다운데. 너에게 보여 주고 싶구나. 그리고 붕붕 꿀벌하고, 짹짹 새소리랑, 메에 양 울음소리 말고는 아무 소리도 들리지 않아. 시골은 아주 조용해."

"이크, 고양이가 온다. 빨리 숨자!"

조니가 호들갑을 떨었어요. 둘은 먼지투성이 석탄 창고에 꼭꼭 숨었어요. 조니는 계속 말했어요.

"티미윌리, 솔직히 말해 나는 조금 실망했어. 우리는 널 즐겁게 해주려고 무진장 애를 썼거든."

"그래, 알아. 나한테 참 잘해 주었는데 말야. 그렇지만 난 정말 도시가 불편해."

티미윌리가 말했어요.

조니가 걱정스럽게 말했어요.

"도시 음식이 입에 맞지 않아서 그럴 거야. 다시 채소 바구니를 타고 시골로 돌아가는 게 좋겠어."

그러자 티미윌리가 반가운 얼굴로 물었어요.

"정말 돌아갈 수 있니?"

조니는 시큰둥하게 대답했어요.

"물론이지. 사실 지난 주에 널 보내줄 수도 있었는데 말이야. 토요일마다 빈 채소 바구니를 시골로 돌려보내는 걸 모르고 있었니?"

티미윌리는 새로 사귄 도시 친구들과 작별인사를 했어요.

"안녕, 그동안 고마웠어. 잘 있어, 도시 친구들아."

그리고 양배춧잎에 과자 부스러기를 싸가지고 텅 빈 버들바구니 속으로 들어갔어요.

짐마차 위에서 덜컹덜컹 한참을 흔들리고 난 후에야 티미윌리는 시골집에 무사히 도착했답니다.

　토요일이 되면 티미윌리는 가끔 시골집 문 앞에 놓인 채소 바구니를 살펴보러 간답니다. 하지만 이제 바구니 안으로 들어가지는 않아요. 다시는 도시로 가고 싶지 않았거든요.

　조니가 한번 놀러 오겠다고 했는데 바구니 안에서는 아무도 나오지 않았어요.

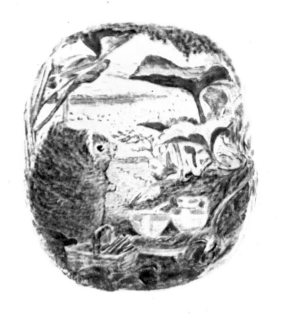

그렇게 겨울이 지나가고 봄이 왔어요. 해가 다시 비치기
시작했지요.

티미윌리는 따뜻한 털옷을 입고 쥐구멍 앞에 앉아 제비
꽃 향기와 봄 새싹 냄새를 맡고 있었어요. 이제 도시에 갔
던 일은 거의 잊어버렸답니다.

그러던 어느 날, 말쑥하게 차려 입은 도시쥐 조니가 갈색
가죽 가방을 들고 오솔길을 따라 걸어 오고 있지 뭐예요!

 티미윌리는 너무나 반가워서 두 팔을 활짝 벌려 친구를
맞이했어요.

 "어서 와. 날씨가 제일 좋을 때 왔구나. 해가 비치는 데
앉아서 쑥떡이라도 먹자꾸나."

 그러자 도시쥐 조니가 진흙이 묻은 꼬리를 들어 옆구리
에 끼면서 말했어요.

 "어흠, 그런데 바닥이 좀 질척하군."

음메-

"이 무시무시한 소리는 대체 뭐지?"

도시쥐 조니가 신경질이 난 것처럼 말했어요.

"저건 암소 울음소리야. 말 나온 김에 우유를 좀 얻어와
야겠다. 밑에 깔리지만 않으면 괜찮아. 그런데 도시 친구
들은 잘 있니?"

티미윌리가 말했어요.

하지만 조니는 시무룩한 표정으로 대답했지요.

"집주인 가족이 부활절 휴가를 간 사이에 요리사가 대청
소를 시작했어. 청소하는 김에 쥐를 전부 잡겠다는 거야.
게다가 새끼 고양이가 네 마리나 태어났지 뭐야. 카나리아
아줌마는 벌써 엄마 고양이한테 잡아먹혔어."

"그런데 고양이들은 우리 쥐들이 그랬다고 딱 잡아떼는 거야, 내 참 기가 막혀서."

위잉- 위잉-

"그런데 이 시끄러운 소리는 또 뭐니?"

조니가 물었어요.

"저건 풀 깎는 기계 소리야. 조금 있다가 풀잎을 가져와서 네 침대를 만들어 줄게. 조니 너도 여기 시골에 눌러 사는 게 좋을 거야."

"글쎄. 화요일까지 생각 좀 해 보고. 어차피 집주인이 돌아오기 전까지 채소 바구니는 도시로 가지 않을 테니까."

"아마 다시는 도시로 돌아가고 싶지 않을 걸? 너도 여기 계속 살고 싶어질 거야."

티미윌리가 자신 있게 말했어요.

　하지만 화요일이 되자 조니는 채소 바구니를 타고 도시
로 돌아갔어요.

　"시골은 너무 심심해."

　하고서요.

어떤 사람은 시골이 편하고 어떤 사람은 도시가 편해요.
베아트릭스 포터 아줌마는 시골이 더 좋대요. 티미윌리
처럼 말이에요.

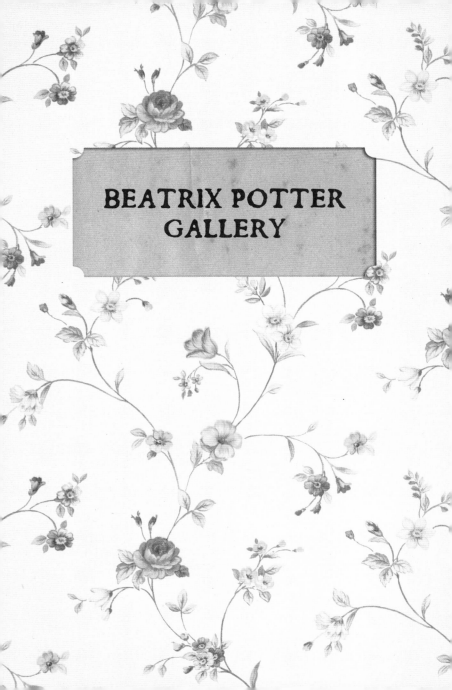

BEATRIX POTTER GALLERY

Miss Hayward

keeps the

house but

it really does belong to Stumpy,

it is quite a pretty story.

Once upon
a time

there was an old clergyman, who
had no family, and Stumpy was

The sparrows are naughty,
they pull off the
flowers. There are

two nests, just under the
gutter at the top
of our house. We
see them flying up
with grass to make the
nest. We do not like it because
the little birds fall out
onto our door-steps.
I hope that you and Eric
will have a very good time, and with
love I remain yrs. aff. Beatrix Potter

but so
proud!
I meet him
out shopping in the morning, he looks at
one sideways but he never speaks!

sleep right at the top of a haw-
-thorn bush, the
branches are quite
covered with chickens. Those at
the farm go up a
stone wall into a
loft. The farmer

has a beautiful fat pig. He is a
funny old man,
he feeds the calves
every morning, he
rattles the spoon on the tin pail, to
tell them breakfast is ready, but
they won't always come, then there is a
noise like a German band. I remain
yrs. aff. Beatrix Potter.

MA2009 (w)

오리지널 피터래빗 컴플리트 에디션 1
피터래빗 이야기(합본1) The Original Peter Rabbit Books Complete Edition 1
피터래빗과 친구들의 이야기 12편

1판 1쇄 2015년 4월 5일

지 은 이 베아트릭스 포터
발 행 인 김동근
발 행 처 소와다리
주   소 인천광역시 남구 구월로 40번길 6-21번지 3가동 302호
대표전화 0505-719-7787
팩시밀리 0505-719-7788
출판등록 제2011-000015호(2011년 8월 3일)
이 메 일 sowadari@naver.com

※잘못 만들어진 책은 구입하신 서점을 통해 바꾸어드립니다.

ISBN 978-89-98046-55-2 04840